KB080270

그런 눈으로 바라봐주면

그런 눈으로 바라봐주면
초판 1쇄 발행 2024년 5월 13일

지은이 송하영
펴낸이 김규열

책임편집 김규열
표지 디자인 진유정
본문 디자인 김규열
펴낸곳 출판사 결
출판등록 2022년 5월 17일 제2022-000013호
전자우편 gyeolpress@gmail.com | 인스타그램 @gyeolpress
ISBN 979-11-979322-6-7(03810)
* 이 책의 판권은 지은이와 출판사 결에 있습니다.
* 저작권법에 의해 보호를 받는 저작물이므로 무단 전재 및 복제를 금합니다.

그런 눈으로 바라봐주면

송하영

당신을 보면 살고 싶어져요…

작가의 말

나를 살게 한 눈이 있다.

하영씨 발표할 때 눈이 반짝반짝 빛나네요. 주장에 대한 진심을 봤습니다. 무엇이든 해낼 것 같군요. 높은 점수 드리겠습니다. 건승하십시오.

좌절에 빠뜨린 눈도 있다.

정신 안 차릴래. 이것밖에 못하니. 누굴 닮아 이러니. 넌 아무래도 희한하다.

눈과 눈을 포갠다. 살 힘을 자주 잃어버리다가도 그런 눈으로 바라봐주면 다시 살 수 있다.

살아 있는 기분이란 나비가 되어 꽃을 찾아다니는 움직임이다.

목차

3부 | 끈끈하고도 끈적한

4부 | 진심 어린 진실로

1부

보살피듯 살피기

다듬은 말

예의주시하고 있어요.

어감이 영 감시하려 드는 것 같다. 나의 동태가 당신에게 거스름이 될까 두렵다. 세심하고 정교하게 당신을 살핀다는 말을 하고 싶어 국립국어원에 예의주시를 검색한다. 예의주시를 순화어 '잘 살핌'으로 표현할 수 있다고 국어순화자료집(1992)에서 친절하게 안내하고 있다. 한 글자 한 글자 힘들이지 않아도 우리말의 의미를 전달할 수 있다. 예의주시를 지우고, 잘 살피겠다로 문장을 완성했다. 부드럽게 또는 정확하게 표현하고 싶다. 가끔 가시 돋친 말에 피를 흘리기도 하니까. 다정한 말에 꽃이 피듯 말씨도 말랑할 수 있지. 그럼 오래 이야기 나누어도 지치지 않을 테니까. 내 꿈은 사랑하는 사람과 오래 의논하며 사는 것.

스토크

물을 서서히 빨아들인다. 가장 아래 키가 작은 꽃봉오리는 물에 잠길 준비를 마쳤다. 오랜 잠에 들 모양이다. 활기차고 키가 제일 큰 꽃이 중심에 자리한다. 키 큰 줄기 사이로 뻗은 여린 가지에 맺힌 봉오리는 이제 필 준비를 마쳤다. 내일이면 물기를 쭉 머금고 어깨를 펴겠지. 같은 줄기에서 자라 어쩜 이렇게 제각각인지.

혼자 술 마시면 무슨 재민겨

혼자 술을 마시면 자연스럽게 귀가 열린다. 책을 읽든 인터넷 서핑을 하든 두 눈이 응시하는 곳이 분명해도 그 어느 때보다 두 귀가 활짝 열린다. 자연스럽게 스며들어오는 이야기를 줍는다. 두 중년 남성의 은퇴 후 여생 이야기를 듣게 된다. 여전히 학연, 지연이 만연하다는 이야기, 서로 도와달라는 말, 너는 무엇이든 할 수 있을 거라는 말, 버거운 대출 상환과 집에는 비밀이라는 말. 가장으로 보이는 두 남성은 술잔을 부딪치며 뜨겁게 격려한다. "야, 나는 네 편이야. 너 존나 잘 해. 기죽지 마. 한다, 된다." 때때로 어른들의 삶은 위화감이 없어 인간다움을 느낄 수 있다. 서로 생애 최선을 다하고 싶구나. 혀는 꼬여도 잘 살아보고 싶은 마음은 오롯하구나.

웃을 일을 만들자

웃으면 복이 온다고 해서 자주 웃기를 반복했다. 인생 중 웃는 시간이 88일에 불과하다면, 당장 미소라도 지어보자고 근육을 움직였다. 웃으니까 정말 복이 왔다. 복이 굴러들어오며 감사를 데리고 왔다. 이 사실에 또 감사하며 울렁거리는 가슴을 붙잡고 두 손 모았다. 당연한 것 하나 없는 삶에 자꾸 찾아와주세요. 나를 움직이게 해주세요.

봄, 가을이면 주말마다 산을 오르고 아침저녁으로 체력을 단련하며 자주 책 속에 숨어 지냈다. 시간이 남을 때마다 목적지 없이 걸었다. 아무도 없는 곳으로 가 홀로 보내는 시간이 길어졌다. 사람 만나는 일에 소홀했다. 돌봄과 멀어졌다. 할 수 있는 일만 하며 지냈다. 아무도 시키지 않은 글을 썼다. 말을 걸면 자주 입을 닫았다.

오랜 우리 동네

집 앞 야키토리. 학부생 시절부터 있던 곳인데 그 시절에는 내가 꼬치 하나에 커피 한 잔을 맞먹는 비싼 돈을 지불할 수 없어 지나쳤다. 그땐 여럿이 탕요리 하나에 육수를 리필해 내일이 없는 사람처럼 소주를 마셨다. 지금 그 친구들은 술 마실 시간에 다른 여가로 각자의 시간을 보낸다. 운동을 하거나 배움을 이어가거나 혼자만의 시간을 보내거나 영화나 전시를 볼 것이다. 과거와 달리 데시벨이 높은 곳보다 도에서 미 음정의 톤으로 대화가 가능한 곳을 선호한다. 가능하면 충분히 상대방이 보이는 밝기면 좋겠다. 적당히 불그스름한 얼굴을 감춰주고 눈, 코, 입이 또렷한 밝기. 동네 친구들도 하나둘씩 직장과 이사 등으로 동네를 떠나더니, 지산동 토박이에 가까울 정도로 이 동네에 20년이나 살고 있다. 성장의 전신인 이곳. 5층 이웃 할아버지 얼굴에 검버섯이 피고, 나와 키가 비슷해진 것 말고 큰 변화는 없다. 이른 아침 자주 마주치던 조그만 체구의 할머니가 보이지 않기도 하다. 그사이 혼자 술 먹는 문화가 흔해졌다. 고단한 하루를 마치고 집 근처 야키토리로 향한다. 셰프는 참 무뚝뚝한 사람이다. 요리에 집중하기 위함인지 응대에 있어서는 건조한 매장이다. 맛이 매우 훌륭해 다른 야키토리는 가지 않는다. 이곳에서 야키토리의 최대 만족을 맛봤다. 카운터석에 앉으면 셰프가 꼬치를 직접 굽는 모습을 볼 수 있는데, 그 앞에 앉아 조용히 엄지를 올린다.

눈에 별을 새긴 사람

열심히 일하는 사람을 만나면 나도 모르게 물끄러미 바라보게 된다. 최선을 다하는 모습이 아름답다. 자신의 역할에 최선을 다하는 것을 넘어 배움을 멈추지 않는 사람을 보며 또 배운다. 어제는 그런 사람을 만났는데 눈에 별을 새겨 놓은 듯 반짝였다.

먼저 간 사람, 나란히 걷는 사람

30년을 앞서 경험한 선생님은 따뜻한 커피 한 잔을 주문한다. 담배와 커피를 몇십 년째 피고 마시지만, 20대에 느꼈던 온전한 느낌이 나지 않는다고 했다. 커피 맛을 잘 느끼기 위해 따뜻하게 마셔도 이 커피가 저 커피 같다고. 나이를 가지는 것이 두렵지 않다고 하지만 가진 촉감의 농도가 옅어지는 것은 두렵고 아쉽다는 선생님. 과거에는 미미하고 변변치 않은 것을 보고도 느낄 수 있었던 일렁이는 감각이 지금은 1년에 몇 번 찾아오지 않는다고 했다. 반대로 나는 미미하고 변변치 않은 것을 보고 보이는 것보다 더 많은 것을 느끼고 파생되어 힘들다고 했다. 지금껏 느끼지 못한 감각과 감수성이 날이 갈수록 기폭 되는 느낌이라고. 선생님은 딱 그 시절에만 느낄 수 있으니 잘 느껴두고 곱씹어두라고 하셨다. 30대가 지나면 그 느낌이 확연히 줄어들 것이니 느낄 수 있을 때 최대한 느끼라고 일러주신다.

아는 사이

아는 얼굴이 있으면 일말의 편안함이 생긴다. 마치 그 사람을 다 아는 것처럼. 기대고 싶은. 포대기에 같이 묶듯이. 아는 얼굴을 멀리 갖다 두고 모르는 얼굴이 찾아왔다. 저를 아세요? 마음의 채비 없는 만남은 나를 힘들게 한다. 저는 어쩌면 당신이 궁금하지 않을 수도 있어요. 당신 생각만큼 나는 착하지 않을지도 몰라요. 반걸음 뒤에 계시면 제가 청소를 마친 뒤에 맞이하러 갈게요. 대신 청소가 늦어질 수도 있어요. 그럼 이만. 오늘도 너에게 전화를 걸었다.

I'm fine

글쓰기 수업 중 한 참여자가 내가 20대인 걸 알고 까무러치게 놀랐다.

"언어나 깊이가 최소 30대 중반인 줄 알았어요. 외모가 동안이라 학생 같아 보이지만 삶의 내공이 저보다 훨씬 깊어 살아낸 햇수가 많은 줄 알았습니다. 좋은 의미예요."

"예. 삶의 무궁무진한 희로애락을 오는 대로 다 껴안아 버렸어요. 놓치면 미련만 커져서요. 그러니 고통과 사랑의 깊이를 알아가는 것에 대해 두렵지 않아요."

30대 하영이 들으면 좋아할 이야기다. 20대 하영은 지나친 성숙이 가진 의미를 알 것 같아 조금 씁쓸하다. 몇 해 뒤 너는 어떤 생각을 하고, 어떻게 살고 있을까. 지금 너는 부단히 좋아하는 일을 하고, 같이 고민하기를 즐기는 사람인데 어떻게 지낼 셈이니. 되고 싶다던 엄마는 되었을까. 어떤

동료와 함께하니. 시간이 지나야만 채울 수 있는 여백에게
말을 건다.

꼼수

문학도 수학 공식처럼 외워 응용하면 멋진 수식을 만들 수 있을 텐데. 나와 다른 풀이를 찾아 헤맬 텐데. 이미 수식에서 문학은 성립 불가하므로, 봄을 염두에 두는 사람처럼 창밖을 지켜본다. 펑 하고 발명할 수도 있을까 봐.

아무도 없는 방

책상 위는 갖은 메모와 아무렇게 남겨둔 잔상이 잔뜩 있다. 배움의 속도가 느려 기억을 붙잡아두기 위한 최선의 움직임이다. 머리로 입력해두는 것이 아니라 머리로 입력하지 못해 종이 위에 형태를 붙잡아두는 일. 연말이 다가오며 올해 계획했던 사업을 살펴보고 있다. 무엇을 했는지, 이루었는지, 실패했는지, 시도조차 하지 않았는지, 붙들고만 있었는지.

리포트를 작성하니 작년보다 유의미한 성장이 있다. 일상을 기록해두는 것과 일을 기록해두는 건 엄연히 다른 일이다. 글의 형태를 잘게 쪼개 분리하는 작업을 하고 있다. 글로 닿을 수 없는 타자나 자신에게 닿아보는 것이다. 일기장에 일을 쓰지 않는다. 타인이 봤을 때 이해하기 쉽도록 블로그에 하고 있는 일을 어느 정도 정돈하고 있다. 일기장은 독자가 한 명이라 재미있고, 블로그는 나를 원하는 독자가 있으니 독자에게 친절한 글을 쓴다. 주관적인 노력이 많이 들어간다는 걸 알고 써야만 한다.

어제는 7시간 쓴 리포트를 오류로 날리고 다시 기억을 더듬어 7시간 만에 완성했다. 책상에 앉아 꼬박 14시간을 보냈다. 3일치의 주의력을 하루만에 써버렸다. 환기한답시고 중간중간 꽃 향기도 맡고 타자를 치느라 땀으로 끈적해진 손도 자주 씻는다. 여러 자료와 쓸모없어진 종이들이 나뒹군다. 리포트를 쓴 뒤 책상은 아수라장이다. 보관해야 하는 종이가 없는지 천천히 종이를 정리한다. 그 중에서 빽빽한 메모로 가득 찬 작년 사업계획서를 발견했다. 무엇 하나 놓치기 싫어 필사적으로 필기한 것들이 눈에 들어온다. 늘 그랬듯이 결심한 일을 수행하기까지 기초만 계속 다진다. 책 하나를 재미있게 읽으면 판권지까지 외울 정도로 여러 번 반복해 읽으니 말이다. 시각적으로 변화의 속도는 미미해도 속근육이 탄탄해지는 느낌을 잊을 수 없다. 데미지의 역치가 줄어든다. 이 행위를 다시 반복해야만 실패할 수 있다. 조금 더 정확하게 살고 싶어서. 스스로 택하는 고요.

외로움

침대나 극장처럼 몰입이 필요한 상태.

작은 사회

발길을 자주 멈추게 하는 죽음과 생명. 죽은 나무 위로 자라는 이름 모를 풀과 생을 다해 내려앉은 잎. 서로 엉켜 사는 모습.

가늘고 긴 삶의 방식

같은 체육관에 다닌 지도 햇수로 5년이 되었다. 인파를 피해 늦은 저녁 시간이나 이른 새벽 체육관으로 향한다. 운동을 미루다 보면 한도 끝도 없이 미루게 되는데, 끝까지 미루다 발걸음을 뗀 날에는 꼭 트레이너가 반갑게 맞이해준다. 회원님, 어서오세요. 혼자 하는 운동은 나와의 무기한 협약이다. 체력을 기르기 위해, 건강을 유지하기 위해, 꾸준히 몸을 단련해야 한다는 걸 나와 몸은 굳게 알고 있다. 5년을 다녀도 몇 마디 대화 섞어본 적 없는 트레이너와 인사를 마치고, 일말의 소속감을 느꼈다. 내가 오든 말든 그들에게 그리 중요한 사안은 아니겠지만 늘 인사를 먼저 건네주는 건 그들만의 규칙인 걸까. 체육관을 옮기지 않고 다니는 이유 중 하나에 들 것 같다.

늦은 저녁 시간에는 나와 또래로 보이는 사람들이 대부분이다. 나 같은 3년 이상 근속 회원은 소수지만, 오래 다닌 회원은 갈수록 피지컬이 좋아진다. 엊그제만 해도 어깨가 좁았던 사람이 지금은 양쪽 어깨에 사람을 앉힐 수 있을 만큼 몸이 커졌다. 고도비만인 사람은 두 사이즈가 줄었다. 나는 심폐지구력, 코어, 민첩성이 눈에 띄게 좋아졌다. 외형은 드러나지 않고, 속에 있는 것들이 쑥쑥 자랐다. 전보다 덜 피로하고, 덜 넘어지며, 잘 버틸 수 있게 되었다. 오래, 자주 살아남는 사람이 되었다. 작은 변화를 감지할 무렵 시간은 자정을 향해 간다. 늘 오는 두 사람이 들어선다. 같은 시간, 같은 옷차림에 손을 꼭 잡은 채 입장하는 부부다. 그들도 내가 다닐 때쯤부터 다녔으니 장기 회원이다. 같이 몸을 풀고 각자 필요한 기구를 사용한 후 다시 만나 번갈아가며 자세를 봐준다. 샤워가 먼저 끝난 남편은 하염없이 아내를 기다린다. 저렇게 변함없는 사이도 가능하구나. 평범한 하루가 당신과 함께라면 흔들릴 일에도 바로 설 수 있겠구나 싶다. 처음으로 사랑하는 사람과 오래 지속하고 싶은 일이 생겼다.

전깃줄

승우야 저기 저 전봇대에 엉킨 선이 꼭 인생 같아

너무 엉켜서 어떻게 얽히고설켰는지 알 수가 없네

마치 내 인간관계 같아 풀 수 있을까

아니, 그냥 이대로 사는 것도 나쁘지 않은 것 같아

엉켰다는 걸 알았잖아

강아지

서로 터치가 허락된 사이

뽀뽀하고 나뒹굴고 열은 식을 줄 모르고

처음 봐도 만나서 반갑다고

꼬리는 헬리콥터 날개처럼 보이지 않는다

어디서 왔냐고 물었더니 천국이래

이 땅에 천사가 필요해서 왔대

잘 웃지를 않더래 자꾸 갈라지더래

나를 사이에 두면 분위기가 녹더래

정체를 숨기려고 날개는 하나만 만들었대

꼬리로 하트 모양을 그리고 있었는데

가끔 나를 알아봐준대

아름다움을 따라서

지켜야 하고, 앞으로도 남아 있을 것. 세대를 거쳐 온 존재감도 이곳에서 겸허해진다. 낭만적인 풍경에 휘모는 바람도 봄바람 같다.

최소한의 빛만 남겨둔 해질녘 경주. 개발이 제한된 곳에서만 누릴 수 있는 잔잔한 아름다움이다. 눈, 코, 입이 경주를 아무리 포착해 보지만 그림자도 따라가지 못하네.

가을에 본 나무

몇 명이 둘러 안아도 모자랄 둘레. 그런 나무를 보면 끌어안고 싶어진다. 한 사람의 물리적인 성장으로는 도저히 닿을 수 없는 나무의 키. 도대체 얼마나 자라는지 보고 또 본다. 센 바람과 거친 물결을 버티면 된대. 운이 좋으면 보호수, 정기 좋은 나무 같은 극진한 대접도 받는단다. 같이 자란 나무가 뿌리째 뽑혀가는 고통만 감당하면 말이야. 사람에 의해 평생을 정돈 당하는 나무와 평생 제멋대로 사는 나무. 한 자리에 뿌리내려 사는 건, 같은 리듬을 무수히 반복하는 건, 재해가 와도 우뚝 서 있는 건. 나무도 말을 들을까. 나무에 기대었다가 목을 젖힌다. 내 말 들리니?

언니

의미 없는 말도 함께한다는 이유만으로 우스꽝스러운 장난이 된다. 예나 지금이나 변함없는 사실과 사이. 때때로 너는 나의 언니가 되어 주었고, 오늘은 내가 너의 언니가 되고 싶었어. 우리 둘의 공통점은 언니가 없다는 것과 손수건을 챙겨 다니는 것. 당신 앞에서 나는 무한정 "그래!"를 외칠 거야.

걷기 좋은 날

종합 감기약 약발이 세 시간쯤 될까. 만나서 반갑다고 짬뽕 한 그릇 해치우고 약봉지를 털어 넣는다. 몇 가지 알약과 액상이 바이러스와 싸우는 동안 콧물, 재채기가 꼼짝 않고 멈춘다. 아픈 건 컨디션 관리를 못해서라고 치자. 화창한 봄 주말에 아픈 건 억울해서 약기운 받아 신천으로 향한다. 해가 떠있는 시간만큼 떠돌기로. 모처럼 미니스커트를 입고 봄 기분도 낸다. 그런데 미니스커트 입고 철봉에 매달리기밖에 못한다니 아찔하구나. 돌다리를 건너자는 제안에 너는 용기를 냈다. 가쁜 숨소리 뒤에 서서 비디오를 찍었다. 너는 내가 아니면 이 돌다리를 건널 일이 없었을 거래. 나는 오늘 걸은 수만큼 너를 좋아하지!

겨를

구심에 생명 넣기

마음을 구체화하기

생각을 움직이기

그냥 하기

생활체육

'생활'을 붙이면 말이 된다. 하영생활은 내가 담긴 삶의 형태일 테고, 생활문화는 삶을 살아가며 만드는 양식일 테다. 평소 외부 자극에 취약하여 높은 민감도를 낮추기 위해 온갖 노력을 덧붙인다. 노력 중 하나가 좋아하는 행위 앞 또는 뒤에 생활 갖다 붙이기다. 성과, 성취, 목표 중심으로 살아온 20대는 여유와 거리가 멀었다. 어디를 가나 맥북이 없으면 불안하고, 하루에 다 읽지 못하는 책을 몇 권씩 챙겨 다녀야 마음이 편했다. 보조 배터리 또는 충전기는 배터리가 70% 이하로 떨어지지 않게 하는 필수품이었다. 운동도 5년 가까이 하고 있지만 무거운 무게를 들어 근육량을 키우거나 달리기 속도를 체크해 기록을 단축하며 스스로 시험의 굴레에 빠뜨리는 삶을 살았다. 건강을 챙기려고 시작한 운동은 또 다른 스트레스를 만들었다. 운동할 때 스트레스가 해소되는 부분도 있지만 스스로 자주 채찍을 들어 체육관에 데려다 놨다. 평생 육체를 가꾸기 위해 운동을 해야 한다면 즐거움을 선사해야 한다. 운동을 새롭게 정의하자. 나는 운동으로 밥벌이를 하지 않아도 되고, 선수가 아니며, 그저 삶의 일부이다. 마음을 가볍게 먹자. 그렇게 학창 시절 애타게 기다린 체육과 생활을 붙여 생활체육을 실천하기로 했다. 나름대로 생활체육인이라 칭하며 운동을 생활화하는 사람으로 여긴다.

정신없이 바쁜 나날을 보내며 운동을 거른 지 일주일이 되었다. 밤을 꼴딱 새우거나 새롭게 만들어내는 일에도 능률이나 체력이 제법 괜찮아서 자신에게 감사함을 느끼고 있다. 노동 강도보다 스트레스가 줄었다는 점도 이번 시기를 통해 얻은 깨달음이다. 10년 가까이 먹던 두통약을 끊은 변화도 찾아왔다. 곰곰이 생각해 보면 오래 걷고, 자주 달리고, 종종 산에 오른 게 지금 제대로 작용하는 것 같다. 당시는 의무감에 달리기도 하고, 무작정 자연을 찾아 떠나 적지 않은 시간을 보냈다. 외형상 드러나는 변화는 없을지언정 몸속에서 보이지 않는 힘이 피어났구나. 나의 근지구력에게 좋아한다고 속으로 되뇌었다. 마음과 육체는 한 끗 차이인 것 같은데 먹거리, 수분, 운동과 같은 좋은 양분을 꾸준히 주었더니 피로감을 모르고 살기도 한다.

요즘은 퇴보한 유연성을 기르고 있다. 타고난 뻣뻣함을 일찌감치 받아들여 유연함이 필요 없는 곳에서 편하게 살았다. 뻣뻣함을 유연하게 바꾸는 일보다 무거운 무게를 버티는 일이 수월했다. 생활체육의 재미를 불어넣으려 온라인 선생님의 도움을 많이 받았다. 친절하게 자세 잡는 법을 알려주는 영상부터 생체학을 쉽게 풀어 쓴 칼럼까지 시간이 날 때마다 익혔다. 좋아하면 아무래도 많은 정성과 시간을 들이는 게 맞다고 느낀 순간이었다. 스포츠과학연구소에 따르면 아이와 성인 차이를 유연성으로 나눌 수 있다고 한다. 유연성은 13~15세 이전에 유연성이 발달했다가 이후로 빠르게 잃어 퇴행한다. 전혀 다른 성장세를 보이는 성질이다. 아이들의 말랑한 능력을 동경하며 매일 다리를 조금씩 찢고 있다.

오랜 기간 혼자 운동을 지속할 수 있었던 건 체력에 대한 정보를 받아들이며부터다. 운동에 대한 앎이 커질수록 재미도 배로 늘어났다. 내가 즐기는 방법은 골라 먹는 아이스크

림처럼 골라서 운동하는 것이다. 체력을 크게 두 가지로 나누는데 건강체력(심폐지구력, 근력, 지구력, 유연성, 신체구성)과 운동기능체력(순발력, 민첩성, 협응력, 스피드)이 있다. 다양한 기구와 운동을 익혀두면 컨디션이나 상황에 따라 운동을 선택할 수 있다. 요즘은 몸이 뻐근하니까 유연성 중심으로 스트레칭과 봉 운동을 하자. 쉽게 피로감을 느낄 땐 심폐지구력을 늘릴 수 있는 등산이나 달리기를 하자. 좋아하는 부위의 근력을 길러 피붓결로 나타나는 근육을 감상하자. 빵빵해진 나의 몸을 어루만지며 거울로 감상하자. 눈에 보이지 않는 미세하고도 예민한 성질이 몸과 마음에 스민다. 이 성질이 생활이 되기까지 4년이 걸렸다. 그동안 '무엇이든 그냥 해보자'가 삶의 방법이 되었다.

사놓고 안 쓰는 물건 있으세요?

한 가지 물건을 구매하면 보통 떨어질 때까지, 기능을 다 해 소실될 때까지 쓰는 편이다. 지우개가 작아졌다고 한번도 새로 산 적이 없다. 손톱만큼 작아져 지우기 힘들어도 지우개가 제 역할을 해낼 때까지 어떻게든 쓴다. 비로소 역할을 끝마치고 사라졌을 때 일종의 쾌감을 느낀다. "다 썼다." 할머니로부터 절약 정신, 물건에 대한 애착을 배운 것이다. 촌스러워진 티셔츠도 그는 팔을 잘라 입는다든지, 레이어드해 입는다든지, 걸레로 사용한다든지, 물건을 그냥 버리는 법이 없었다. 살 이유는 단순한데 버릴 이유는 너무 많은 것도 한몫했다. 물건은 '쓸모'를 다해서 외면받고 버려진다. 쓰레기 처리장에 가면 쓸만한 물건들이 차고 넘친다. 누군가 쓸모없이 여기는 물건에 새로운 쓸모를 발견할 때, 다시 생명을 부여받는다. 버려지지 않을 이유다.

필통을 교체했다. 해운대 어느 상점에서 구매한 PVC 소재의 필통. 색이 바랠 대로 바래 누런빛이 돌고 옆구리가 터져도 반투명 테이프로 응급처치를 해가며 묵묵히 사용했다. 낡은 모습에 보는 사람마다 바꾸라 했지만 왠지 바꾸기 싫었다. 기능만 충실하면 되는 거 아닌가. 이 필통보다 심미적으로 뛰어난 필통도 실용성 있는 필통도 있겠지만, 가방 안에서 이리저리 뒹굴고 소지도 간편한 이 필통을 오래 사용했다. 그러나 이제 그만하려 한다. 찢어진 틈 사이로 자꾸 필기구가 새고 제멋대로 열릴 때도 있어서 불편이 늘어났다. 미련 없이 필통을 버릴 수 있는 건 20대 대부분의 시간을 함께 해왔기 때문이다. 여행을 갈 때도 회의에 갈 때도 목적 없이 집을 나설 때도 다이어리와 함께 늘 가방에 있었기 때문이다. 새로운 필통은 이전 필통의 약점을 보완해 메시 소재를 택했지만, PVC 강점 측면에서는 약점이 되기도 하는 제품이다. 작고 유연해서 큰 불편이 없다면 계속해서 써 볼 예정이다.

재활용

사는 것 자체가 쓰레기를 생산하는 일

쓰레기를 다시 줍는 일 되돌리는 일

쓰레기를 무용하게 하는 일

단순한 기분

꾸미기. 나 꾸미기. 꾸리기는 잘해도 꾸미기는 여전히 어려운 것. 다듬고, 정돈하고, 돋보이게 하고. 그중 쉬운 것이 있다면 입고 벗는 행위. 부지런히 입고 벗으면 나에게 어울리는 분위기나 스타일, 겹겹이 옷을 겹쳐 입는 정도가 쉬워진다. 삶에서 먹고사는 문제가 중요해질 때 꾸미기와 서서히 멀어졌다. 대학생 시절 1시간 외출을 위해 2시간 공들이던 정성은 사라진지 오래다. 어제 입었던 옷을 아무렇지 않게 다시 꺼내 입고 나가기도 한다. 외형적으로 드러내고 드러나는 아름다움에 싫증을 느꼈다. 몹시 빠르게 변하는 유행에 쉽게 구매해서 가볍게 버려지는 옷보다 옷과 같이 나이 드는 느낌이 좋았다. 입고 돌아다닌 만큼 해지고, 늘어나고, 몸에 밴 습관이 옷에 묻어난다. 서서히 빛이 바래는 치마를 보면서 나이가 들어감을 실감한다. 옷도, 나도 늙는다. 바랜 해짐이 삶을 대변해준다. 자연스러운 흐름이 나의 곡선이라 믿으면서. 나를 휘감고 있는 천이 나를 드러내는 또

다른 얼굴. 나를 나답게 만들어주는 시간 앞에 오래 고민하
지 않기로 했다.

깊이 안녕

선물 받아 키우던 몇 가지 식물과 종종 사들이는 꽃은 안녕을 준다. 앙다문 봉오리가 하룻밤 사이 피어나는 신비로운 일도 있고, 여린 잎인 줄 알았던 이파리가 가장 오래도록 살기도 하는 뜻밖의 과정을 계속해서 보여준다. 끝내 피지 못한 꽃들은 그런대로 사정이 있겠지 하고 보내주기도 한다. 나름대로 들여온 이상 자주자주 꽃을 보러 간다. 매만지기도 하고 말없이 계속 바라보기도 하고. 기온에 따라 움츠렸다 피는 것 또한 귀엽다. 좋아하면 가까이하고 싶고 들여다보고 싶고 시도 때도 없이 같이 있고 싶은 마음.

내가 있는 공간은 북향이라 해가 들지 않는다. 바람, 햇볕, 물은 식물을 키우기 위해 필요한 3요소다. 햇볕이 들지 않는 이곳에 식물을 들이는 것조차 식물에게 미안해지는 일이다. 듬뿍 받아도 모자란 해가 없어서 가능하면 '해가 없이도 잘 자라는', '음지를 좋아하는' 식물을 들여오곤 한다. 그렇게

3년을 키우니 자신감이 붙는다. '식물 좀 더 들여봐도 괜찮겠는데?' 용기를 내 식물 몇 가지를 들여왔다. 해가 필요하면 기꺼이 옥상에 갈 수도 있고, 창문을 열어둘 수도 있다. 이제는 식물을 위해 씀씀이를 더 쓸 수 있다. 그러고 싶다.

식물과 함께하면 몸소 배우게 된다. 처참히 죽음을 경험하기도 하고, 모자라거나 과한 사랑이 독이 된다는 것도. 적당한 관심과 적절한 환경은 서로를 위한 것을.

한 달 가까이 피어 있는 꽃들. 추우면 입을 다물고 따뜻하면 금세 피워 보인다. 매일 물을 교체해주고 관찰하기. 끝까지 필 힘이 있다면 더 기다려도 문제없다. 명이 얼마 안 남은 꽃만 잘라 물에 띄워보기.

애들아 예뻐. 오래 피어서 색이 바래도 아름다워. 꽃이라 그래 진짜 예쁘다!

꽃의 효능 10가지

1. 향기롭다.
2. 종에 따라 건강 증진효과가 있다.
3. 단조로운 삶에 포인트가 되어준다.
4. 계절을 시각적으로 느낄 수 있다.
5. 기분 내기 좋다.
6. 선물하기 좋다.
7. 아름답다.
8. 말할 수 없는 것을 표현할 수 있다.
9. 삶의 함축적 의미를 관찰할 수 있다.
10. 어느 곳에나 있다.

2부

반복되는 계절처럼

제주

적막이 주는 고요와 평화. 꺼지지 않는 빛이 가득한 도시를 떠나 작은 체구를 숨기기 적합하다. 걷다 보면 근방에 사는 말이 있고 내려앉은 처마가 있다. 더 걸어 내려가면 바다가 있고 사람의 기척이 느껴지지 않는 섬이 있다. 정겨운 소음 대신 잘게 부서지는 파도가 가득한 월요일. 여행은 미래를 그리는 꿈의 연속. 꿈꾸는 현실이 가까워진다고 믿을 때.

뿌리채소

주홍빛 당근은 우리집 냉장고에 없어서는 안 될 채소다. 건강에 좋고, 저렴해 할머니의 장바구니에 수시로 양껏 담긴다. 흙을 털어내고 당근을 씻는다. 물려받은 시력을 잘 유지하고 싶어 당근이 생각나면 꼭 챙겨 먹었다. 익히지 않은 당근보다 볶은 당근을 좋아한다. 얇고 가느다랗게 썰어 흐물거릴 정도로 볶는다. 채칼이나 다지기 같은 요리 장비를 쓰기 전까지는 모조리 손수했다. 온 손가락에 힘을 주고 일정하게 자르면 손목은 아프지만 손맛이 배어 더 맛있게 느껴졌다. 당근과 무를 써는 날이면 할머니에게 가 하소연을 늘어놨다.

"할머니 당근 너무 딱딱해. 몸에 좋은데 왜 이렇게 야문 줄 모르겠어. 이번에도 손목 나갈 뻔했다니까."

"당근이 딱딱한 건 자연스러운 거야. 당근, 무, 감자, 고구마 다 땅의 기운을 받고 자라지 않았느냐. 위로 자라고 피어나고 열리기는 쉽지. 눈에 보이니까. 눈에 보이지 않고 심어져 뿌리내리는 것들은 위에서 자라는 채소보다 더 단단할 수밖에 없어. 온몸으로 땅을 받치고 땅속 깊숙이 파고드는 거야. 오래 보관할 수 있는 이유이기도 한 거지."

나는 당근의 위대함을 단단히 몰라봤다. 온몸으로 땅을 받치고 산다니. 콘크리트 건물을 받치는 철근의 쓸모에 대해 생각하다 당근의 생명력에 감탄했다. 사계절 내내 어디서든 뿌리내릴 수 있는 당근처럼 살고 싶어졌다. 드러나지 않은 채 온몸으로 버티다 발견되어 천 원도 안되는 값에 팔려 가 식탁에 오르는 당근처럼.

산

한솥밥도 여럿이 둘러앉아 먹으면 더 맛있듯 등산도 그렇다. 혼자가 익숙해진 사람은 같이하는 수고로움에 편리를 좇다 보니 하나의 산만 반복해서 오른다. 고독한 산행에 환기가 필요하다. 2023년 12월 29일, 어느 산행에 동행하게 되었다. 서울에서부터 시간과 마음을 모아 대구를 찾은 맛도리 산악회에 일일 회원이 되었다. 혼자가 둘, 둘이 셋, 셋이 여섯이 되었다. 조율과 물음표를 맡은 대구 출신 민수는 익숙한 새로움이 반갑다는 듯이 분위기를 느슨하게 만들어 준다. 동혁은 쭉 뻗은 긴 다리로 선두와 후미를 오가며 수시로 지형과 경로를 파악하는 세심함을 가졌다. 다람쥐처럼 재빠르게 올라 순간을 포착하는 찬규 앞에 모두가 스마일이다. 묵묵함을 일관하다 필요한 순간 카리스마로 사람들을 챙기는 성훈까지 맛도리 산악회는 산을 사랑하는 네 남자로 이루어져 있다. 대구에 살며, 형들을 사랑하는 규열과 이 모든 과정이 홍미로운 나를 포함해 이번만큼은 6명이 되어 산을 올랐다. 모든 게 처음이었다. 여럿이 산을 타는 것도, 팔공산 비로봉도.

처음 경험한 장면 앞에 어쩔 줄 모른 채 일주일이 지났다. 겪은 장면 몇 가지를 소개하자면 다음과 같다. 서둘러 애쓰는 산행이 아닌 서로의 페이스를 확인하며 보폭을 늘렸다 줄이는 일, 꽁꽁 얼어붙은 땅이 위험하지 않은지 먼저 발을 내딛고 조언해 주는 일, 잠시 멈춰 자연의 위대함에 넋을 놓는 일, 마주친 등산객과 덕담을 주고받는 일. 한 장면이 큰 사건으로 변환되어 혼자 산을 탈 때의 나보다 여럿이 산을 타는 내가 더 좋아지는 순간이었다. 네 남자들은 주기적으로 산을 찾아 떠난다니. 산으로 빚어진 우정이 붉은 노을처럼 소리 없는 울림을 준다. 가끔 말하지 않아도 될 때 깊은 편안함을 느낀다. 앞으로 타인과 함께 산을 타도 좋을 것 같다. 민수는 그런 의미에서, 산악회를 통해 공동체를 경험하고 있다고 했다. 감화, 젊음, 자연의 섭리, 산악회의 우정에 매료된 하루다. 이번 산행에서 다시 세상을 배웠다. 함께 취미를 공유할 수 있는 기쁨과 한 장면 안에 담기는 일은 찰나를 딛고 일어서는 것과 같다. 자연의 변화 앞에서 양보를 배우며 채우고 비우기를 반복한다. 당신 뒤에서 마음 다해 지지하다 보면 우리는 나란히 오를 수 있다. 걱정과 시선이 겹치며 흩어진다는 사실을, 극적인 순간은 함께였으면 하는 사실을 제대로 알게 했다.

하산하며 성훈과 나눈 대화

산을 어떤 의미에서 좋아하세요?

그냥 산이라서 좋은데요.

그 자체. 그대로를.

무얼 바라지 않습니다.

소원

하영이 1월에 한라산 갈 거지?

가까운 사람은 연말이 되면 물어온다. 나는 신나서 같이 가길 제안하지만, 응하는 사람은 아직 없었다. 그래서 몇 번을 제외하곤 전부 혼자 다녀왔다. 나를 산으로, 자연으로 데려다 놓는 것이 내가 신년에 할 수 있는 이벤트. 안전하게 산행을 마치면 그보다 성공적인 이벤트도 없다.

혼자 산을 타면 나 자신에게 오롯이 집중하게 된다. 근육의 자잘한 움직임부터 쓰임, 호흡, 온갖 떠도는 마음을 잠재우는 정신. 에너지는 곧 타인에게 뻗어가는데, 타인을 조금 더 자세하게 관찰하게 된다. 전국 각지에서 하나의 목표로 모인 사람들. 그간 고생을 한번에 씻어내는 정상의 쾌감을 보고 있자면 마음이 푸근해진다. 잘 살아보고 싶은 마음인 걸까. 처음 본 사람들과 주고받는 지지와 동질감은 콘서

트 다음으로 느끼는 경험이다. 느려도 좋으니까, 신체가 허락하는 한 천천히 오랫동안 산을 타고 싶다고 빌었다.

여름 관찰

이른 새벽 공기

선선한 풀내음

길거리 미니 채소 장터

핑크빛 배롱나무 꽃

정취를 느끼는 어르신

제법 키가 많이 자란 코스모스

모터사이클이 가져다 준 변화

30대를 몇 해 앞두고 없던 것이 불쑥 튀어나오기 시작했다. 그것은 이전까지 거의 경험한 적 없는 겁과 두려움이다. 겁은 점점 나를 초라하게 만들고, 두려움은 나를 망설이게 했다. 20대 초반에 비해 매우 극명한 변화였다. 두려움은 나를 자주 과거에 데려다 놓았다. 타인 앞에서 자기주장을 당당하게 펼치던 모습, 고민하기 전에 행동이 앞서는 일, 실패해도 다시 도전하는 뚝심을 찾아 헤맸다.

20살엔 이랬는데… 21살에는… 22살은…

몸은 그대로인데 내가 바라보는 내가 점점 작아졌다. 미세하고 강하게. 타개가 들끓었다. 그러던 와중 지인이 타고 다니던 모터사이클을 내놓고 새로운 모델로 변경한다고 했다. 작고 귀여운 기종의 모델이고, 연비도 좋아 돈 들 일이 없다. 아담한 크기라 여성도 운전이 쉽다고 했다. 얼마예요? 제가 살게요. 짧은 몇 마디를 주고받다 덜컥 사버렸다.

수능을 마친 뒤 겨울 방학에 1종 보통 면허를 딴 이후로 운전 경험이 없었다. 지인의 가르침을 받아 매일 밤 퇴근 후 직장 근처를 돌았다. 사람을 치지 않을지, 갑자기 멈추지 않을지, 고장나지 않을지 온갖 걱정에 사로잡혀 도로로 나가기까지 정확히 30일이 걸렸고, 직장에서 집으로 가기까지 60일이 걸렸다. 2년이 지난 지금까지 무탈하게 타고 있으니, 궁합이 괜찮다고 봐도 좋겠다. 이동 수단의 변화는 일상에 많은 변화를 가져다주었다.

1. 의상

모터사이클을 타면 하의, 특히 발목부터 정강이 부분, 신발이 매우 잘 닳는다. 닳는 수준을 넘어 하루하루 삭제된다. 공기의 마찰은 이리도 무섭다. 안전과 멋은 함께할 수 없을까. 헬멧을 착용하면 머리가 눌리므로 헤어 스타일링도 포기하게 된다. 손질이 몇 분 만에 리셋된다. 편리함과 허무함 사이를 오고가다 편리를 택하고 만다.

2. 시간

매우 단축된다. 날쌘돌이라는 표현이 가장 적합할 듯하

다. 거침없고, 날렵해서 어디든 쉽고 빠르게 이동한다. 그 덕분에 지난해 아낀 시간을 다 모으면 며칠이 될 것이다.

3. 소비

시간을 아끼며 자연스럽게 돈도 아끼게 된다. 일주일 휘발유 2리터(약 2,780원)면 만사 오케이. 택시보다 빠르다. 십만 원대이던 교통비가 만 원짜리 한 장도 안 되는 값이 된다.

4. 금주

알코올을 멀리멀리. 정말 좋은 혜택이다. [운전을 하려면 술을 마시면 안 된다 - 귀가가 빠르다 - 저녁 시간이 확보된다 - 저녁 운동을 할 수 있다] 새로운 규칙이 쌓인다. 때로는 심심하지만, 선택해서 늘어나는 건강이 더 많다. 친구를 안 봐도 재미를 찾을 수 있다. 라이딩을 가거나 세차를 가면 되니까.

5. 겁, 두려움

솔직하게 모터사이클은 도로 위에 심장을 내놓는 행위라는 말에 동감한다. 한번 모터사이클의 매력을 경험한 이상 과거로 돌아갈 수 없어서 하루하루 감사한 마음을 가지고 타게 된다. 겁도, 두려움도 많이 줄어들었다. 타기 전보다 해방감을 느끼고 사계절이 주는 변화를 온몸으로 만끽하며 삶의 질도 올라갔다. 가끔 세차장이나 도로 위에서 스쳐지나가는 라이더가 주는 사소한 즐거움도 한몫한다.

어서와요 아가씨

수성못 방면 신천동로로 빠지는 길에서 좌회전을 하면 푸른 빛 주유소가 자리잡고 있다. 셀프도 아닌데 집으로 향하는 동선에서 가장 저렴한 으뜸 주유소. 모터사이클은 잠시 세워두고, 주유원을 마주해 기름을 주문한다. 슈퍼마켓 계산대에서 직원과 소비자 사이 정도. 가장 저렴한데도 불구하고 들어오는 입구 멀리서부터 허리 숙여 깍듯이 반겨주는 주유원 선생님. 체구가 작고, 나의 아버지뻘보다는 조금 더 되어 보이는, 안경 사이로 주름살이 늘어진, 미소만큼은 소년 같은 주유원이 있다. 고작 2리터 주유하는, 돈 안 되는 고객 한 명도 이렇게 살뜰히 챙김 받을 수 있다니. 3천 원의 행복이다.

- 어서와요, 아가씨.
- 무섭지 않아요? 멋져요.
- 아가씨가 며느리가 되었으면 좋겠어. (웃음) 또 와요.

- 오늘은 옷을 멀끔하게 입고 왔네. 몇 리터 넣어줘?

- 아이구, 얼마만이야. 나는 주유소 옮긴 줄 알았잖아. 2리터 넣어주면 되죠?

- 이야, 열심히야 정말. 오늘도 안전하게 타고 또 와요.

선생님은 손인사와 동시에 허리를 숙여 나를 배웅해준다.

"네, 선생님. 건강하시고 또 올게요. 오늘도 많이 많이 웃으세요. 여기 올 때마다 기분이 너무 좋아요."

나도 헬멧 너머로 목소리가 전달될 수 있게 목에 힘을 준다. 나는 이런 장면을 하루, 이틀, 열흘… 오랫동안 가슴속에 품고 산다. 가슴 깊이 피어오르는 말이 탄생한다. 나도 당신 같은 어른이 되고 싶어요. 잘 기억하고 있다가 힘들 때 꼭 꺼낼게요. 빙그레 웃는 인상을 가진 선생님. 매사에 미소 지어 눈가에 자글자글한 주름, 방긋 웃어 패인 팔자주름. 당신이 충치가 있든 말든, 치열이 고르든 말든, 머리칼이 휘날리든 말든, 피부가 좋든 말든. 당신처럼 늙어도 참 좋겠다. 당신이 실어준 기름을 태우고 도로를 부유하는 길에.

마음 반죽

계산할 게 많다. 공과금, 견적, 급여, 세금, 신규 사업 예산, 처리해야 할 정산 업무가 밀렸다. 그래도 요즘은 머리가 빠릿빠릿하게 돌아가 몇 번의 손놀림으로 원하는 계산식을 손쉽게 얻는다. 조금 계산적인 사람이 되어감과 동시에, 그런 우울함을 아는지 친구는 과거 내가 적어준 편지를 찍어 보내왔다. 편지 속 나는 물렁한 마음이 흐르고, 맑은 에너지가 샘솟고 있다. 당시 내가 기억나지 않을 정도로 잊고 지냈다. 친구를 통해 상기한 과거를 그리워하다 다시 마음을 주무른다. 잘 주물러 표현하고 싶은 무언가를 빚어내야지. 잊지 않고 보답해야지. 또 마음을 빚진 사람이 된다.

중간이 어려워요

멀리 닿거나
아니면 움직이지 않을래요

마음대로 되지 않는 것 말고
해야 하는 것에 최선을 다해야 할 텐데요

그냥이면 좋을 텐데
그냥은 하루하루를 사는 거래요

아침 6시에 나와 청과물 파는 상인에게 말을 걸었다
왜 이렇게 일찍 나오세요?
잠이 안 와요
뭐라도 해야 할 것 같으니까 그냥 나와요
저는 늦은 저녁 붕어빵 먹고 싶은데요
나는 그 시간이면 잘 준비해요

밤에 할 일이 없어

지나치는 평균을 쳐다보느라 버스를 놓쳤다

홀로움

날이 많이 차다. 겨울만 되면 손발이 시려 다른 계절에 비해 컨디션이 현저히 낮아진다. 춥다는 핑계로 외출을 삼가고, 집에서 보내는 시간이 많다. 집에 있는 시간을 윤택하게 만들기 위해 튼튼하고 곧게 뻗은 아이패드 거치대를 장만했다. 장비가 하나 늘었을 뿐인데 집밖으로 나갈 이유를 잊어버린다. 요즘은 자주 운다. 어떠한 사연은 없다. 대신 나를 울리는 작품이 자주 등장한다. 마주치면 참지 않고 울어버린다. 작품을 보는 침대 위에서 한없이 연약해진다. 대사에 몰입하다 인물의 입 모양에, 관계에, 배경에, 역사에, 배역에. 작년 연말부터 눈물이 마르도록 울었는데 눈물이 남아있었던가. 이 감정을 아무도 몰랐으면 좋겠다. 좋은 작품을 만나면 왜 이렇게 기대고 싶은지.

울고, 웃고, 놀랍고

산방산 앞 주택을 개조한 카페를 찾았다. 드넓은 면적만큼 테이블 간격도 널찍하게 배치되어 있다. 여행 출발과 동시에 읽기 시작한 소설을 챙겨 왔다. 『모순』을 읽다 그만 귀가 뜨거워지도록 울었다. 몇 개의 문장과 눈을 마주쳤을 뿐인데 시큰거리는 눈물이 툭 터져버렸다. 개방된 공간에서 소리 내어 울 수는 없어서 숨죽여 어깨를 들썩였다. 우는 와중에 정면을 응시했다. 한 커플이 세계문학전집을 보고 있다. 같은 공간, 소설을 보고 있다는 동질감에 안전하다는 생각이 들었다. 지금 느끼고 있는 감정에 충실해도 좋을 것 같았다.

우연한 기다림

어떻게 사는지도 모른 채 생각 없이 지냈다. 정시에 맞춰 승강장에 열차가 들어선다. 정확하게 지나간다. 약속된 장소로 가고 있다. 옅고 긴 그림자 같은 열차를 바라보며 지나간 시간을 주워 담는다. 공평하게 주어진 시간은 왜 제각기 다른 색으로 덮히는지 여전히 잘 알지 못한다. 같은 그림을 보고 전혀 다른 해석을 내놓을 때. 눈물 흘리는 장면에 당신은 해맑은 미소를 짓고 있을 때. 여전히 알 수 없는 기분에 사로잡힌다. 속도를 감지할 때 열차는 가고 없다. 멀리 희미해지는 열차를 응시하면서 동일한 행선지에 다음 열차가 차례를 기다린다.

어린 대담함

인터넷이 발달한 시기부터 메신저 활동을 시작했다. 휴대전화는 어른들만 가질 수 있었던 시절, 하교 후 각자의 집 컴퓨터 앞에 앉아 친구들과 시시콜콜한 대화를 주고받았다. 세이클럽타키를 거쳐 네이트온, 싸이월드, 페이스북, 블로그 등 디지털 이사를 여러 번 거쳤다. 말만 이사일 뿐, 데이터는 몽땅 내버려두고 몸만 옮겨가는 이사였다. 현재 서비스 종료로 사라진 SNS를 제외하고, 가장 긴 시간 유지하고 있는 채널은 블로그다. 20살이 되자마자 개설해 일상을 남겼다. 데이트, 봉사활동, 대학 생활, 아르바이트 경험담, 템플릿 무료 나눔, 대외 활동 합격 후기, 쇼핑, 여행 정보 같은 포스팅을 하며 나름대로 하루에 적게는 몇백 명, 많게는 천 명씩 드나드는 블로그였다. 최근 과거 여행을 하기 위해 오랫동안 비공개 폴더로 잠들어 있는 포스팅을 훑었다.

22살 나는 얼마나 씩씩했던가. 높은 경쟁률의 사기업 해외 봉사를 다녀와 후기를 작성하고, 일종의 조언을 남긴 글을 찾았다. 글을 발견하고 얼굴이 붉어졌다. 분명 내가 쓴 글인데 지금 찾아볼 수 없는 모습에 낯설고 부끄러웠다. 글 속 나는 씩씩하고 전달하고자 하는 바가 명확했다.

1. 당신만이 할 수 있는 이야기를 해주세요.

다양한 봉사활동, 대외 활동 경험과 외국어 실력이 없어도 괜찮아요! 자신이 가진 충분한 열정과 의지로 얼마든지 어필할 수 있어요. 경험이 많아서 더 뛰어난 사람도, 경험이 없어서 부족한 사람도 없어요. 활동란 내용이 없어도 너무 기죽지 말고, 자신을 조금 더 믿고 지원서에 나를 표현해 주세요.

2. 문장은 무조건 간결하게

심사위원은 당신의 에세이를 보는 것이 아니라, 당신의 지원서를 보는 거예요.

지금 쓰라고 하면 쓰지 못할 글과 언어다. 내가 타인을 가르치려 하지 않는지 글을 쓰느라 나에 대한 경계, 자기검열이 왕성하다. 가끔은 글이 주는 자유를 잃었다고도 본다. 어른들 말씀에 나이가 들면 무언가 주저하게 된다는데 내가 딱 그쪽이었다. 젊음이란 패기도, 불확실성을 껴안는 용기도 많이 옅어졌구나. 이 글 외에도 20대 초반 나의 글을 보면 실패를 복기하고 꼭 다짐으로 마무리하곤 했다. 나의 부족한 점은 무엇인지, 어떤 부분을 놓쳤는지, 다음에 어떻게 할 것인지에 대한 행동강령이 있다. 지금까지 지키는 부분도 있고, 그렇지 않은 부분도 있다. 과거와 가장 다른 점이 무엇인지 묻는다면, 희망만 좇다 절망에 빠진 사람의 그늘을 알아차리지 못한 점이다. 다른 출발선에서 각기 다른 속도로 가는 사람들을 쉽게 지나치고 떠나왔다. 사고가 나든 문제가 생기든 앞만 보기 일쑤였고, 남의 일처럼 여겼다. 그런데 서로 다른 출발선에서 내가 언제나 뒤처질 수 있다는 것, 사고 차량으로 아무 손쓸 수 없는 일이 내게도 일어난다는 것을 20대 절반이 지나고서야 알게 되었다. 절망은 아무도 모르겠지. 아무도 몰라 주겠지. 나의 아픔은 오롯이 나의 것인데, 들추어 나아지기는커녕 약해질 텐데. 어둠 속 터

널을 배회하며 누군가 내게 준 신의를 단번에 믿어버린 것. 가끔 미처 돌보지 못한 슬픔이 욱하는 날이면 지난날 나에게 미안해진다. 몰라봐서, 내버려두어서, 울음을 삼키게 해서. 하지만 이제는 밤이 저물고 해가 떠오를 때 나에게 말을 건다. 나로 살아주어 고맙다. 아무도 몰라주더라도 너 하나만큼은 나를 알고 있지 않느냐고. 이 글을 쓰는 지금도 나는 과거를 돌아보며 복기하고 다짐한다.

가장 늦은 환영

코스요리를 잔뜩 올려도 남을 널찍한 테이블에 여섯 사람이 앉아 있다. 이 테이블 위 주인공은 가장 늦게 태어난 사람이다. 가장 일찍 태어나 흰머리 지긋한 할아버지가 아기를 올려든다. 아기는 까르르 돌고래 같은 웃음소리를 퍼뜨린다. 나머지 다섯 사람은 아기를 향해 시선을 집중한다. 눈을 환히 밝힌다. 작은 몸짓에 박수치며 웃고 좋아하는 사람들. 우리 모두 그렇게 환영받으며 태어났는데 기억조차 못한다니. 새 존재의 등장은 익숙한 환경에 크고 작은 변화를 가져다준다. 동행 가능한 식당을 가거나 아기 의자가 구비된, 아기가 좋아하는 콘텐츠를 찾아 나서는 어른들. 환영할 대상을 찾아 나선다. 사랑하는 한 사람, 맹목적으로 나를 기다리는 강아지. 인생의 많은 방향이 환영할 대상을 찾는 여정임을 분명히 한다.

글 쓰며 만난 사람들

내가 먼저 시작했다는 이유로 나는 이끄는 입장에 놓인다. 끝내 내가 훨씬 더 많이 배우는 것 같고, 사랑받는 자리 같다. 지금 내가 느끼는 나와 당신이 느끼는 내가 일치할 때의 행복. 앞선 고통이 작은 위안이 되는 순간을 백지 위에 붙잡아둔다. 두 손에 먹거리, 씹을 거리, 맡을 거리를 쥐여 주는 사람들을 보면 보답하고 싶어진다.

무슨 일이라도 있다는 듯이

지난 겨울은 사상 최대로 춥다는 뉴스가 등장하지 않았다. 추위 대신 비가 자주 오고, 태양이 구름 뒤에 숨는 날이 많았다. 얇고 가느다란 꽃샘추위가 지나가고 나면 이윽고 밝은 하늘 아래에서 저녁을 먹을 수 있는 날이 올 것이다. 3월, 길어진 햇살을 기다리기라도 한 듯이 수변에 쏟아진 사람들. 일정한 거리를 두고 자전거를 타기도 하고, 가볍게 걷기, 그냥 가만히 있기, 먼저 핀 꽃을 발견하고 있다. 강 상류로 올라갈수록 세월이 지나 어르신이 된 시간 묻은 동네가 등장한다. 머리에 하얀 수선화가 핀 할아버지 여럿이 줄지어 햇살과 마주보며 앉아 있다. 느긋하고 태평하게. 무언가 기다리는 사람같이. 나는 그들에게 다가가 말을 걸고 싶었지만 무언가 찾는 사람처럼 앞을 지나갔다.

수년 전 사회복지 실습생 시절 일이다. 출근하는 9시부터 복지관 주변, 벤치, 정자 곳곳에 어르신들이 나와 빽빽이 앉아 있다. 점심시간에도 변함없이 자리를 지키고 있다.

“선생님, 어르신들은 왜 밖에 나와 계세요? 어제도, 엊그제도, 오늘도, 지난주도 늘 나와 계셔요. 누굴 기다리나요?”

“하영 쌤, 어르신들은 주로 노후에 할 일이 그리 많지 않답니다. 집 안에 있으면 오히려 몸이 쑤실 수도 있고, 답답할 수도 있지요. 우리가 비타민 챙겨 먹듯이 어르신도 양지바른 곳에 나와 비타민D를 흡수하고 있는 거예요. 잘 보면 그늘보다 햇빛이 비추는 곳에 더 많이 계셔요.”

그제야 알았다. 어르신의 시간은 나와 박자가 다르다는 것을. 우리 할머니가 잠이 줄어 새벽부터 걷기 운동을 하고, 낮에는 복지관 가요 교실에서 노래를 부르고, 저녁에는 무작정 필사해야 편안하게 잠에 든다는 것을. 할머니가 분주하게 보내는 날이 하루하루 줄어간다는걸.

배움의 동료

일주일에 한 번 아이들에게 글쓰기를 가르친다. 글쓰기를 가르치는 일보다는 글 쓰는 재미를 일깨워주는 역할에 가깝다. 글의 종류가 다양해 모두의 기호에 맞는 글쓰기 수업을 진행할 수 없다. 그럼에도 불구하고 우리의 2시간을 어떻게 글쓰기로 가지고 놀 건지는 자신있다. 이 시간이 아이들에게 스스로 생각하는 힘을 길러주고 상호작용하는 법을 알려준다고 굳게 믿는다.

엄마가 신청해서, 주말에 심심해서, 책을 만들어보고 싶어서 각기 다른 이유로 같은 자리에 앉았다. 나를 소개해 보세요. 타인 앞에서 나를 어떻게 소개해야 하나. 보여주고 싶은 나를 내세워야 하나. 내가 생각하는 나를 가감 없이 비춰야 하나. 막막하다. 그리고 모르는 이 앞에서 몇 분간 주목을 받는다는 건 그리 쉬운 일이 아니다. 그런 점을 우리 모두 몸으로 천천히 익힌다. 2시간 내내 입이 삐죽 나와 툴툴

거리던 초등학생 친구. 관심을 주면 자꾸 반하는 행동을 한다. 응하지 않을 거란 사인과 검은 색연필로 종이 가득 메워 버리고 만다. 그런 그가 쓴 문장. "나는 사랑받고 싶다." 사랑은 어른이나 아이나 같은가 보다. 각자의 방식으로 사랑을 원하고 있다. 사랑을 주는 것보다 받는 것이 익숙한, 갈구하면 닿을 것 같은. 마치자마자 간식을 챙겨 나가는 아이에게 다음주에 또 보자고 인사를 건넸다. 그리고 가능한 10주간 아이의 문장을 최대한 많이 기억하리라 다짐했다.

경험도 물려줄 수 있습니까

관성으로 한 해를 살아간다. 봄에 태어나 봄을 기다린다. 우리나라 봄은 왜 이렇게 찰나인지 스치듯 지나간다. 내게 한 해의 시작은 1월 1일이 아니라, 3월 12일부터였다. 겨울을 나는 게 유독 힘이 든다. 연말과 연초가 지루하게 늘어져 있으니까. 사회생활을 접고 겨울잠이라도 자면 좋으련만, 이 세계에 잠은 매일 밤이나 혹은 저승에 갔을 때 주어진다. 겨울의 괴로움을 잠시 잊으려면 정반대 세상으로 떠나야 한다. 새하얀 눈이 뒤덮인 곳으로. 계절이 주는 타이밍은 나에게 시간 여행하기 좋은 요소다.

가을에서 겨울로 막 넘어오던 무렵, 아버지가 커다란 봉투에 스노보드 장비, 용품을 보내왔다. 20년 가까이 취미로 즐긴 스노보드를 은퇴하겠다는 의미로 해석된다. 쓸쓸한 마음에 과거에 착용하던 용품을 하나씩 몸에 대본다. 딱 맞다. 스노보드는 부상에 취약해 엉덩이, 손목, 무릎, 팔꿈치를 감싸주는 보호대가 있으면 좋다. 처음 탄 게 7살, 가느다란 신체에 버거운 보호대를 세게 여미던 기억이 난다. 가뜩이나 무거운 보드와 불편한 보드복, 보호대까지. 넘어져 아픈 통증보다 보호대가 주는 피로감에 얼마 타지도 못하고 녹초가 되었다. 잔뜩 싫증내는 딸을 아버지는 밤낮 할 것 없이 며칠씩 스키장에 데려가 태웠다. 모두 하나부터 열까지 아버지의 손으로 가르침 받았다. 어른이 되면 가벼운 몸으로 보호대 없이 보딩하겠다고 마음먹었는데 이제는 보호대 없이 보딩하기가 두렵다. 다쳐서 올 후유증, 통증을 가늠하느라 지레 겁먹고 보호대를 챙긴다. 스노보드 장비를 챙기다 아버지와 보낸 제철 활동을 느낀다. 주말마다 산으로, 바다로, 여름에는 캠핑, 겨울에는 스노보드. 그때만 가능한 활동을 물려주고 싶었던 건 아닌지. 소질이 없어도 반복이 주는 재미를 물려받은 것 같다. 이제 아버지 없이도 스키장에 갈 수 있는 신분이 되었다. 리프트 예약, 교통편, 장비 대여도 알아서 척척 한다. 설원을 누비는 찰나를 위해 준비할 게 산더미라니. 하나도 아닌 둘을 데리고 다니느라 고되지 않았을까. 홀로 몇 번을 스키장을 뒹굴다 자세를 익히고, 턴하고, 기술을 연마하며 눈물이 왈칵 난다. 넘어지면 아버지가 눈을 가르고 내려와 어서 일어나라며 환한 얼굴로 나를 카메라에 담던 모습이 아득해졌다. 이제 아버지와 함께 설원을 누비지 못할지도 모른다는 생각이 들 때면 아쉬움이 두 발을 잡는다. 대신 아버지 같은 사람이 되고 싶어졌다. 넘어지면 다시 일어나고, 꾸준히 노력해 원하는 방향에 닿는 그런 사람. 그렇다면 힘들 때, 부끄러움을 무릅쓰고 피식 웃으며 일어나는 자세부터 배워야 하지 않을까. 이번 겨울은 아쉬움과 친해지는 중이다.

조그만 질환

작고 어설픈 병을 얻었다. 아주 조그만 질환. 목감기가 계속 되더니 나아지지 않고 2주를 넘겼다. 오늘만 버텨보자는 다짐이 모여 14일이 되었다. 누가 칭찬스티커를 붙여 주는 것도 아닌데 잘도 참는다. 참는 게 기본값이다. 억지로 버텼는데 어째 기침이 가래를, 가래는 역류를, 역류는 후두의 간지러움을 데리고 왔다. 몸이 나를 두고 장난치나. 정신은 육체를 따라가지 못하고 녹다운 됐다. 컨디션 저하, 반복된 기침으로 에너지 소모, 몸의 긴장이 주증상이다. 기침할 때 온 갈비뼈가 열렸다 닫히듯이 매우 고통스럽다. 지내는데 큰 불편은 없지만 주변으로 하여금 걱정을 사기도 한다. 기침 통증이 괴로워 보인다고. 결국 진료를 받으러 왔다. 의사는 2주 동안 약을 복용하지 않았다면 목감기에서 다시 다른 감기가 덮쳤을 가능성이 크다고 했다. 지금 증상을 설명하니 지금부터라도 약을 잘 먹고 관리해야 더 큰 질환으로 넘어가지 않을 거라 한다. 이따금씩 아프면 이 고통은 어디서부터 왔나 생각한다. 아픈 구석의 과거를 살핀다. 어딘가 소홀하지 않았는지, 외면이 좋다고 해서 내면은 그렇지 않을 수도 있다는 것도 말이다.

에너지 기울기

기도처럼 품어야 할 말이 있다면,

다정함은 기초 체력으로부터 온다는 것일 텐데.

최근 사람을 통해 받는 에너지가, 주는 에너지가 예사롭지 않다. 가끔은 초인적인 힘을 발휘해 낯설 만큼 성숙한 처세를 보이기도 한다. 또 맥주를 몇 잔 마시고 금세 느슨해져 실없는 장난에 배를 부여잡고 웃는다. 길가에 뻗어 있는 것들은 하루가 다르게 고운 머리털이 빠지고 연두 모발이 풍성하게 자라난다. 지금부터 초여름까지 모발은 씨알이 굵어져 여름을 날 수 있는 그늘 같은 탄성을 보여준다. 해가 긴 시간에 목을 꼿꼿하게 펴 나무를 올려다보자.

오늘도 24시

밤잠이 없다. 해지는 시간이면 총명해지는 정신. 눈에 불을 켜고 24시 카페에 앉았다. 아프다는 구실, 친구를 만난다는 이유로 한동안 탐구가 멈췄다. 탐구야 늘 아이폰으로 하는데도 종이와 펜이 주는 물성의 힘만 한 게 없어서 다시 시간을 들인다. 화면에서 옮겨가 백지 위 잉크로 춤을 춘다. 종이 위에 나를 감각하며 주고받은 영향을 기록하는 일. 복기를 위해 과거를 조명하는 시간이다. 침묵 속에서 아름다움을 비추며 자유를 만끽하는 새벽. 힘과 능력을 다해 고개 흔들기.

휴일

말을 아끼고 산책하며 한 주간 변화가 있는지 두리번거린다. 후줄근하게 나와 긴장이 필요 없는 공간에서 커피를 마시고. 우연히 작은 대화를 주고받고. 연필을 쥐고 생각의 꼬리를 끝까지 따라가 괘념과 인사하기. 그렇게 한 주를 마무리하면 또 한 주 일할 수 있지.

3부

끈끈하고도 끈적한

제3

우리에게 복수형의 나와 너도 있고, 나와 너 이외의 누군가를 상상할 여유도 있다. 모두들 착해서 거짓말을 잘한다. 우리는 운이 좋아서 거짓말에 쉽게 마음을 걸고 넘어진다.

2401호 저녁

아기 많이 컸다. 벨 누르는 소리에 소파 뒤에 숨은 척 웃음을 참지 못한 채 까르르 터뜨리며 반겨준다. 장난기 많은 아이 얼굴을 뚫어져라 쳐다보니 부끄러워하며 또 웃는다. 그렇게 둘이 한참 웃는다. 부스럭부스럭 쇼핑백에서 먹을 걸 찾으며 두리번거린다. 아기, 너도 먹는 기쁨을 아는 모양이구나. 이모도 그래. 어서 먹어 보자. 버터 한 조각으로 장식된 연유 빵. 빵을 자르기도 전에 고소한 버터 향을 참지 못하고 버터를 입으로 가져간다. 혀로 버터를 몇 번 굴리더니 얼굴을 찌푸리며 다시 빵 위에 올려놓는다. 느끼하다는 내 말은 이해될 리 없다. 몸으로 해결한다.

한 번 업어주면 자꾸 업어달라고 하는데 마음 같아서는 너를 하루 종일 업고 있고 싶다. 그런데 아기 너는 날이 갈수록 체중이 늘고 이모는 세월에 체력을 이기지 못하고 있다. 운동을 막 시작했으니 몇 해는 너를 안아 올려 비행기

놀이를 태워줄 수 있을 것이다. 무게 대신 몸으로 때우지 싶어 미러볼이 되는 장난감에 음악을 튼다. 분위기를 돋우기 위해 불을 하나 껐다. 생생하게 비치는 미러볼 불빛에 아기는 휘둥그레지며 이내 몸을 앞뒤로 흔든다. 너와 같이 온몸으로 춤을 춘다. 네가 웃으면 나도 기뻐서 웃음이 난다. 웃을 일이 없는데 너의 미소는 선물 같다. 무해한 아기의 얼굴을 빤히 음미하듯 쳐다보며 따라 웃는다. 웃음이 끊이질 않는 2401호 저녁.

이모

이서야. 하영 이모. 새로운 존재로부터 부여받은 역할이다. 이 역할을 아주 오랫동안 기다려왔다. 이모로부터 받은 사랑이 대단해서 어른이 되면 이모가 되고 싶었다.

이서를 만나면 어떻게 이 아이를 웃길지 상상이 팝콘처럼 부푼다. 나를 반갑게 맞이해주는 걸 보니, 너도 나와의 만남을 기다렸구나 싶다. 나는 너를 만나기 전날이면 설레서 잠을 설친다. 갓 발달하고 있는 구강 근육으로 헐렁하게 '하여연' 이모라 불러준다. 이서에게는 삼촌도, 이모도 많은데 삼촌, 이모 이름을 모두 정확히 기억한다. 그런 이서가 기특하고 예뻐서 자꾸 나를 불러달라고 했다. 이서야. 하영 이모. 눈을 마주치며 이야기하기. 알록달록 포장지를 감싼 선물을 건네기. 무조건적인 사랑과 믿음 주기. 실수로 넘어지면 무릎에 먼지를 털어주기. 다치지 않게 가까이 있기.

며칠 사이 금방 자라는 아이들. 내 이름도 외우고 떠들썩하게 반겨준다. 쉽게 흥분하고 쉽게 토라진다. 감정이 충만한 아이들을 마주하고 있으면 살아 숨 쉬는 마음을 마주한다. 피로가 사라지는 마법에 걸리고, 고통을 무색하게 만든다. 온몸으로 사랑을 표현하는 조카를 보면 온몸으로 놀고 싶어진다. 이만큼, 이따만큼 나는 너와 놀 준비가 되어 있지. 너를 웃길 준비도 해왔지. 우리는 매번 헤어지며 아쉬움 뒤에 숨지만, 매번 이별을 몸에 익히고 있었지. 또 오세요, 이모. 우리는 이따금 말이 통해서 키드득거리며 고개를 위아래로 흔든다.

원산지

어디서 왔어요?

국내산이에요?

유해성분은?

발암물질은?

엄마는?

리듬

주워 온 돌멩이
주변을 둥글게 둘러쌌다

돌의 출생은 어디일까
생명, 삶, 안부, 존재 의미를

입을 허락해준 것이고
귀는 천천히 옮겨 붙어

서로의 박자는 오직
눈으로 눈으로

손뼉에서 태어난 작은 생물
손 틈 사이로 공기가 통과하면
우리는 두 손을 힘주어 비빈다

우리는 무엇이 되어 있을래

모래, 조개, 먼지, 거품

이름 없는 미생물

남매

형석과 하영이는 두 살 터울로 세상에 나왔다. 우리 오빠는 수줍음이 많고 경청하는 입장에 가까웠고 나는 세상에 관심이 많아서 만나는 사람마다 말을 걸고 다녔다. 같은 배에서 태어나 완전히 정반대였다. 지금도 둘은 별반 다를 바 없다.(유일한 공통점은 둘 다 생활체육인, 좋아하는 창작활동이 있다. 운동, 창작 없이 못 산다.) 어린 시절 나와 다른 오빠는 내게 늘 반문이 되었고, 이해하기 어려웠다. 오빠의 마음을 알 방법이 오리무중이었으니까. 어릴 땐 오빠를 따라다니며 반응을 유심히 관찰했던 것 같다. 성인이 되어서는 든든한 조력자가 되었다. 입체적으로, 모든 일에는 양면성이 있다는 것을 알게 했다. 오빠는 한 곡만 반복 재생하는 내게 파격적인 음악을 들려주고 팝의 세계로 초대했고, 난 오빠에게 여자를 헤아리는 마음과 외출복을 체크해줬다. 이제는 우리가 서로 절대 이해할 수 없다는 점이, 은근한 마찰이 있다는 게, 썩 나쁘지 않다. 어쩌면 오빠의 입장을 평생

모를 수도 있다는 것을 알기에. 여전히 우리는 서로에 대해 알아야 할 점이 수두룩하고, 그것이 우리 남매의 방식이 아닐까. 앞서 살아본 오빠의 경험치를 손쉽게 획득하는 나는 오늘도 동생의 역할에 관해 생각한다.

세 가지 씨

몇십 년간 식당 일로 다져진 할머니의 음식 솜씨는 매우 훌륭했지만 날이 갈수록 짠맛이 돌아 반찬보다 밥을 더 먹어야 식사를 마칠 수 있었다. 저녁 시간이면 부엌에 있는 할머니 곁을 맴돌며 유심히 지켜보고, 채소를 씻으며 일손을 도왔다. 씻고, 썰고, 다듬고, 볶고, 무치고, 끓이는 다양한 과정 속에서 맛을 내고 한 접시에 담겨 식탁에 오르는 과정이 흥미롭게 다가왔다. 대단한 기술이 없어도 마음이라면 충분히 나도 할 수 있을 것 같았다. 급식에서 맛있게 먹은 메뉴를 집에서 따라 만들고, 친구네 집에서 끼니를 해결해야 할 때면 장을 보러 가 유부초밥을 만들어 먹거나 떡볶이를 해먹곤 했다. 적은 용돈으로 푸짐하게 먹기에 딱 좋았다. 성인이 되어서도 요리하는 재미에 길들여져 먹고 싶은 메뉴는 거의 스스로 할 수 있는 수준에 이르렀다. 블로그나 유튜브를 참고하며 입맛에 맞게끔 다시 레시피를 찾아간다. 일련의 과정에 정성을 들이다 보면 식탁에 오르기 전 생략된 무수한 노력에 대해 생각하게 한다. 농부의 땀방울부터 씨앗이 곡식이 되어 매대에 놓이기까지 어느 하나 당연한 구석이 없다는 것을. 감사한 마음으로 장을 보고 재료를 손질하면 싱그러운 콧노래가 절로 나온다. 국 하나, 반찬 세 가지 이상. 간단하더라도 다양하고 푸짐하게. 밥은 130g. 내가 세운 집밥 철칙이다. 밖에서는 내가 몇 그램을 먹는지, 어떤 조리 과정으로 이루어지는지, 맛과 양을 조절하고 가늠하기 어렵다. 집에서 밥 먹는 날이 과거에 비해 많지 않으니 먹을 때 제대로 차려서 먹자는 의미이다. 홀로 부엌에서 분주한 시간을 보내는 동안 할머니는 내게 슬며시 다가와 말을 건다.

하영아, 여자는 세 가지 씨가 있어야 돼. 마음씨, 옷맵시, 요리 솜씨. 너는 요리 솜씨가 있는 모양이구나.

긴 시간 부엌에서 시간을 보내볼 일이다.

대가 없는 사랑

자주는 아니더라도 시작이 필요한 시기에 함께할 수 있기를. 말없이 내어주는 산처럼 대가 없이 오는 사랑에 응할 수 있길.

가끔 대가 없는 사랑에 대해 생각한다. 가진 게 무엇이든 한 방향으로 줘도 모자란 사람. 옷을 벗어 덮어주고 싶다.

물물교환

우리 남매를 키우기 위해 할머니는 일을 주 7일에서 5일로 줄이더니, 머지 않아 은퇴를 선택했다. 학교를 마치고 집에 돌아오면 오후 1시 정도. 자기 전까지 8시간 정도 남았으니 할머니는 남은 시간 동안 나와 시간을 때우러 공원으로 자주 향했다. 달리기보다 피구를, 줄넘기보다 훌라후프를 좋아했다. 하교 후 할 수 있는 건 친구들이 없어도 되는 훌라후프였다. 대야처럼 둥근 훌라후프를 챙겨 열심히 돌려댔다. 둥근 움직임을 하고 있으면, 마실 나온 다른 할머니가 꼭 한마디씩 하고 갔다. 너 씩씩하게 잘하네. 이야, 어린 애가 훌라후프를 이렇게 잘해. 그 몇 마디에 몇 년은 같은 공원, 같은 시간에 훌라후프를 돌렸다.

남과 자

할머니의 35년 지기가 세상을 떠났다. 그간 속사정을 나누고 서로 걱정과 보살핌을 아끼지 않던 사이. 목소리 큰 할머니는 친구와 통화할 때면 늘 목소리를 가다듬고 다정하게 "밥 잘 챙겨 먹어. 그래, 또 보자 순남아." 하고 통화를 마쳤다. 할머니의 하나뿐인 친구 순남 할머니. 하교 후 빈집에 전화벨이 울리면 늘 할머니를 찾는 순남 할머니였다. 그 연락은 35년 동안 이어졌다. 코로나로 할머니는 순남 할머니와 3년간 만난 적이 없다. 매일같이 통화하던 사이였지만 최근 3일은 연락이 닿지 않았다. "분명 추석 전 먹을거리를 사러 간다고 했는데… 이렇게 죽었을 리 없는데…" 사흘이 흘러서 드디어 순남 할머니 번호로 전화가 연결되었다. 낯선 여성의 목소리를 가진 딸이라는 그녀는 "어머니가 돌아가셨다. 사인은 나도 알 수가 없다. 바쁘다."라며 끊었다. 며칠간 부재의 답을 알게 된 할머니는 급히 나를 불러 그녀를 찾아 나섰다. 책을 덮고 집으로 향해 자초지종 설명을 들었다. 친구의 죽음 앞에 발을 동동 구르며 붉은 눈시울로 한탄하는 할머니. 그 순간 할 수 있는 건 할머니와 함께하기였다. "순남 할머니 친구의 손녀입니다. 부고 소식을 들어 조문을 가고 싶은데 알려주세요. 할머니가 애타게 찾으십니다." 문자를 남기고, 전화도 했는데 소식이 묘연하다. 아무리 부재중 전화를 남겨도 돌아오는 건 전화를 받을 수 없다는 음성메시지. 순남과의 통화연결에서 처음 듣는 소리가 난무했다. 흰 봉투에 부의금을 넣고, 춘자의 이름을 대필해 챙겼다. 집에서 장례를 치를지도 모른다는 할머니 의견에 함께 택시에 올라탔다. 수년 전 기억을 더듬어 '수목원 근처 빌라 3층'이라는 단서만 가진 채로. 낯선 동네에 두 사람은 마치 길 잃은 아이처럼 집을 찾아다녔다. 동네 빌라 3층은 모조리 찾아다녔지만 모든 문은 굳게 닫혀 있었고 낯선 집 초인종을 누르는 것조차 쉽지 않았다. 서로 이름만 불러 성(姓)조차 기억나지 않는다는 할머니. 지나가는 주민, 문 열린 가게에 수소문해도 소용없었다. 둘은 순남의 집을 찾기 위해 배회하느라 빗물에 옷이 다 젖었다. 비가 오는 걸음보다 빠르게 나와 우산을 챙기지도 못했다. 젖은 옷보다 안쓰러운 건 할머니의 움푹 팬 마음이었다. 촉촉이 젖은 두 눈을 빗물에 흘려보내며 결국 집으로 다시 돌아가기로 했다. 집으로 가는 택시에서 할머니는 "찾지 못해도 이렇게라도 내가 할 수 있어서 원통함이 가신다. 어째서 건강하고 악착같던 순남이가 갑자기 죽은 걸까. 하나 남은 친구마저 떠나버렸다. 코로나 끝나면 만나자고 했는데, 건강하자고 했는데…" 오래 사는 사람은 오랜 슬픔이, 긴 이별의 여정이 함께하는구나. 마음대로 오지도 못한 세상에, 마음대로 가지도 못하는구나. 이 순간 가진 것 어느 하나 의미가 없다.

내가 살아온 삶보다 훨씬 긴 세월을 공유한 사이. 슬픔, 건강, 재산, 가족사와 희로애락을 나눌 수 있는 사이가 하루아침에 사라져 버렸다. 내가 가진 어떤 무게의 슬픔도 할머니에 비할 수가 없어서 한없이 슬퍼져 온다. 할머니의 마지막이자 유일한 동무. 먼저 산 사람의 그늘이 초라해서 옛 기억을 더듬는다. 희미한 기억에 호시절만 아득하다. 한 세대를 거슬러 오는 거대한 슬픔 아래 허우적거린다. 살아온 날보다 살아갈 날이 적은 할머니, 살아온 날보다 거쳐온 시간이 많은 사이, 살아온 날보다 살아갈 날이 많은 나. 가로지르는 슬픔이 망연하다.

이따금 기술이 발전해도 한 사람과의 연결이 이렇게 쉽게 끊긴다. 친구의 집을 알 방법이 없다. 순남(男)과 춘자(子) 이름 끝 자를 서로 가져다 대면 그럴듯한 사람이 하나 더 생긴다. 그들을 이어주던 남성성과 아들. 춘자는 남을 잃고 처진 어깨로 남은 추석 음식을 챙겨 먹는다. 입맛이 없어 집을 나왔다.

내 인생, 네가 있어 살만했다. 나의 하나뿐인 친구 순남이. 네 삶을 오롯이 나누어주어 고맙다. 가끔 내가 목소리 크게 소리쳐서 놀랐지. 6남매에 둘째로 살려면 대장부처럼 굴어야 했어. 너도 잘 알잖니. 하늘에서 허리 꼿꼿이 펴 걷고 있어. 우리 또 만나면 서로 알아보고 친구 하자. 네가 있어 내가 있었다. 순남아 잘 가. 친구야.

애도

나이를 가질수록 탄생의 기쁨보다 죽음의 슬픔에 빠질 일이 잦다. 어른들은 자연스러운 일이라고 했다. 자연한 죽음. 자연의 섭리. 자연과 죽음 앞에서 아무 말도 할 수 없다. 자연에게 인간은 미안한 존재고, 죽음 앞에서 인간은 작아지는 존재이니까. 소리 없는 둘 앞에 깊이 패인 절망이 있다. 죽음을 설명하지 않고 죽음을 기리지 않는다면 살아서 무슨 의미가 있는가.

0개 국어

당신은 듣지 못할 사랑한다는 말을 왜 이렇게 남기고 싶은지. 사랑한다는 자국이라도 남길 수 있다면 좋으련만. 시간의 파도는 발자국을 지워간다. 사방이 투명한 이곳에서의 마지막 인사는 사랑해. 나 다시 올게. 이 말을 남겨두고 왔다. 아무도 듣지 못하게 속으로 몇 번 되뇌었다. 무엇이라도 두고 온 듯이 끝내 시선을 거두지 못하였다.

영원한 언니에게

*

10월이 돌아왔다. 한 해를 돌아 수가 같은 날을 맞는다. 수가 맞물리는 공상이 겹쳐진다. 언니를 보고 와야지만 깊은 잠에 들 수 있을 것 같다. 밥도 잘 먹고 잘 자는지. 수신인 없는 편지를 썼다 지웠다. 보낼 곳이 없어서. 알아볼 사람이 없어서. 역시나 다같이 모여 당신의 도처 어딘가를 더듬는다. 어른 중 한 분은 당신의 시간은 멈춰있고 우리의 시간은 일직선으로 뻗어가고 있다고 했다. 흔적을 휴대폰에 조금, 머릿속에 가득 밀어보지만 희미해지는 느낌이 밉다. 당신이 좋아하던 시원한 아메리카노, 마른 오징어와 소주, 담배를 내려놓고 가는 길이다.

*

시간은 홀로 흐르는데 함께한 시간은 늘 그 자리에 있고
당신의 자리에 숫자 5, 3

'년'자 앞에 붙은 숫자는 365일보다 묵직해서 시간이 응축돼 그 무게까지 함께 오는 기분이다. 다르게 말하면 당신은 그 나이를 갖고 있지만 나는 당신보다 언니가 될 수도 있다. 삶의 햇수가 당신과 나의 관계를 틀어놓지 않는다면 아무 소용 없을 것이다. 많은 정보와 사실 속에 당신의 기억이 자리 잡길 바란다. 오래된 지하실이 아닌 내가 밟고 있는 이 땅에.

*

침참함에 일기를 뒤적여보니 맞다. 언니의 기일이다. 언니 안녕. 나는 언니의 나이가 되었다. 이정도면 친구가 될 수도 있을까. 근데 나는 언니를 언니라 부르는 게 좋아. 추석에 언니를 보고 왔지. 담배도 하나 태웠는데 맛있지. 타들어가는 재는 금방 하늘 위로 날아올라. 이곳은 여전히 팍팍해. 재미는 있어도 팍팍하다는 게 맞아. 과거에 어른들이 하는 말을 똑같이 하고 있으니 얼마나 웃긴지 몰라. 역시 세계는 돌고 돌아. 조카는 아주 잘 자라고 있어. 제법 의사표현도 하기 시작했고 둘째는 언니를 보고 기어다니고 싶어 낑낑거리네. 친구는 두 번째 책을 내고 남의 책을 봐주는 사람이 됐어. 얼마나 대견한지 몰라. 언니가 남겨준 삶의 여러 소명은 가족들을 굳건하게 만들어줘. 이번 10월 말은 작년보다 춥고 재작년과 비슷한 쌀쌀함이야. 비슷한 습도, 온도가 여전하다가 익숙해지지가 않아. 때때로 낯선 건 여전히 언니의 부재일 수도 있어. 두 달을 잘 지내 보자. 지켜보자. 따뜻한 국물에 소주를 한 잔 마시자.

위로라는 처방

알록달록한 약이 든 봉투를 챙기고 나왔다. 의사가 처방해주고 약사가 쥐어준 약 봉투로 의사의 온기를 가늠해봤다. 볼 일 없을수록 좋은 사이인 의사와 내원자. 일 년 만에 이비인후과를 찾았다. 과로가 화근이다. 얼마 전 사업 면접을 마친 뒤 긴장이 풀리자마자 면역력도 녹아내린 모양이다. 운동을 아무리 열심히 하면 뭐하나. 며칠 안자고, 끼니 거르면 아픈 사람이 된다. 바쁜 시기면 더더욱 그렇다. 정신력으로 밀어붙여 보지만 남은 체력이 몽땅 소진된다. 담당 의사 선생님은 지난 진료 기록을 참고한다. 목은? 위는? 괜찮아요? 아유 편도가 많이 부었네. 안 오면 제일 좋은데 아프면 약 먹으면 돼요. 잘 들겁니다. 얇고 가느다란 기기로 목 끝과 코를 쑤시는 동안 화자의 일방적인 발언으로 대화는 끝이 난다. 나는 대답할 기회조차 잃은 채 헛구역질 소리를 내며 침을 닦는다. 주사까지 챙겨 맞고 집으로 가는 길에는 죽을 주문했다. 아프지 않았냐는 의사의 말에 살려주세요 하고 엄살부리고 싶었지만 꾹 참았다. 티키타카 없는 일방적인 대화에서 나는 필요한 말을 들어서인지, 주사 한 방의 힘인지 그새 기운 차린 사람처럼 글을 쓰고 있다. 봄, 봄이다… 이내 횡단보도 붉은 신호등 앞에 주저 앉는다.

여행

예를 들어 볼까요. 좋아해요. 호감이 움트면 기웃기웃 맴돌다 물꼬를 터요. 처음엔 받아들이기 어려운 낯선 미지의 영역이 소화가 되는지 안되는지도 모른 채 흡수하죠. 먹고 뱉어요. 먹어도 되나요? 일단 먹다 보면 길들여지는데, 그에게 빠져서 생애를 여행하고요. 생애 여행을 마친 뒤 그의 부모의 생애를, 조부모의 생애를, 거슬러 거슬러 올라가 역사와 배경을 알게 되는 그 과정이 매우 충만해요. 결코 소유할 수 없는 세계를 이해하려고 애쓰지만 끝내 사랑으로 간주할 때 비로소 책을 덮을 수 있어요. 싫어할 이유는 명확한데 좋아할 이유는 셀 수 없이 많아서요. 옆에 계속 두고 싶어요.

끝을 향해 시작으로 가서

좋아하는 것들을 오래 좋아하고 싶다. 가능한 오래 들여다보고 기억해서 닳아 없어질 때까지. 그 기억에 묻혀 하늘로 훨훨 날아갈 수 있을 것 같다. 머리가 바래지도록.

좋아하는 것이 많아서 되고 싶은 것도 많다. 하나뿐인 너의 애인이 된다. 둘도 없는 친구가 된다. 열렬한 독자가 된다. 좋아하는 마음의 끝은 생산이다. 팬이 제작자가 된다. 너의 반을 잉태한다. 지금 만나고 있는 사람의 심장을 갖고 싶다.

4부

진심 어린 진실로

당신 생각

오늘 아니, 평소에도 나는 당신 생각을 종종한다. 당신은 그냥 보고 싶은 사람. 마주했으면 하는 사람. 마주치지 않는 사람. 누군가의 노력으로 부딪히는 사람. 그런 사람들 생각이 피어오른다. 지금 당신은 무얼 할까. 끼니는 제때 했을까. 일은 마쳤을까. 잠은 잘 들까. 사랑하는 사람이 곁에 할까. 나는 여전히 궁금하다.

이 이야기를 친구에게 하니 친구는 내게 생각하는 힘이 많다고 했다. 나 앞으로도 많이 생각하고 싶어.

결혼식에 다녀와서 생긴 일

*

결혼식에 참석한 하객들과 13시간을 함께 보내고 집으로 가는 길. 축가였던 음악의 가사, 멜로디가 좋아 하루 종일 입에 맴돌았다. 길을 걸으며 자주 "사랑해~ 그대를~ 사랑해~ 너만을~" 흥얼거렸다. 우리는 함께인 시간 동안 결혼식 잔상으로 웃음이 끊이지 않았다. 횡단보도 신호를 기다리는 어르신은 "무슨 일이 있길래 그렇게 신이 났냐?"라고 했고, 우리는 입을 모아 "결혼식에 다녀왔거든요!" 답했다. 두 사람의 결혼이 개인에게 미치는 영향이 좋아서 밝은 미래를 그려본다. 결혼한다면 축가는 누가 좋을까. 어떤 구성이 좋을까. 결혼식에 하객으로 참석한 내가 좋아지는 순간이다. 온 마음 다해 축하하고, 환호하고, 같은 장면에 울고 웃을 수 있는 사람의 뜻깊은 자리에 참석할 수 있다는 건 큰 감사와 축복이다. 순간의 영광을 진득하게 느껴보는 날. 나이를 가지니 살아서 의미 있는 순간이 많다. 나쁘지 않네. 사는 게 즐겁네. 탄생, 성장, 영향, 나눔, 지지 같은 귀한 삶의 가치. 풍요롭게, 밀도 있게 살아내자고 마음먹어 본다.

*

그날의 감사 일기

1. 아슬하게 도착한 기차역. 열차 지연으로 운 좋게 무사 탑승했다.

2. 날씨가 좋아 걷기에 충분했다. 여유 있게 도착해 찬찬히 주변을 살펴보았다. 걸으며 본 장면들이 아름다워 기록할 수 있음에 감사합니다.

3. 기독교식 결혼은 처음. 귀한 목사님 말씀을 새겨듣습니다.

4. 방향을 틀어간 곳에서 만난 헌책방. 우아한 부부가 운영하는 곳에서 구하지 못한 전혜린 에세이를 구했다. 전혜린 작가를 아는 사람이 매우 드물기 때문에 주제로 대화를 나누는 것 자체가 희열. 전혜린을 아시나요?

5. 다 같이 스파크랜드 BIG5 티켓으로 중학생처럼 놀았다.

6. 결혼식을 마치고 나눈 무해한 대화. 이 사람들을 좋아

하는 이유가 여전히 한결같다. 오이쏘이 식구들을 알게 된 건 인생의 행운 중 하나인데 오늘은 그들과 하루 종일 함께였어.

7. 지금 이 느낌이 충만해서 감사합니다.

*

오늘로 3주 연속 결혼식에 다녀왔다. 오래 봐온 이들이 사랑을 키워가는 과정을 몇 발짝 떨어져 지켜본다. 결심을 새롭게 만드는 약속의 날을 기다리느라 여름 내내 잠을 설쳤다. 초월하는 설렘. 괜히 굳어지는 몸의 긴장을 알 방법이 없어서 은은한 미소를 띠며 상상으로 잠들던 밤. 밤의 꼬리는 길어지는데 단풍은 자꾸 지려고 한다.

초대받은 날을 위해 온전히 시간을 마련해 둔다. 아끼는 옷을 골라 입고, 매무새를 단정히 하고, 헌 마음을 새 마음으로 교환하러 가는 길. 환한 눈빛으로 끊임없이 호흡하고 박수와 환호가 이어지는 식장. 그 공간에 있으니 나까지 환해진다. 그들의 꿈을 먹는 것 같아서 순백의 희망을 손에 꼭 쥔다. 축하의 마음을 품은 사람들과 둥글게 마주 앉아 밥을 나누어 먹기. 삶의 궤적에 새로운 역사를 기억하기. 갱신 끝에 약속을 소망하기. 사랑으로 내리쬔 하늘 아래 있으니, 마스크 너머 오래 기다려온 이날에 응답받은 것 같다. 기다림에 대한 보답은 사랑이었다. 나는 더 잘 기다리는 사람이 되기 위하여 온전히 기다리고 있다.

*

결혼식은 사랑의 공동체. 그 의식을 지켜보고 있으면 자연히 삶을 살펴보게 된다. 나의 작은 인생사와 평생을 약속한다는 건 어떤 결심으로부터 오는지를. 그런 지혜의 눈을 키우는 방법과 사랑을 기르는 재미를. 그냥 사랑이 하고 싶어!

결혼

계절의 여행을 마칠 수 있다는 축복
새로운 세계로 여행을 시작한다

바짝 끌어안는 포옹 같은 것
풍성하게 기른 꽃을 잘라 길 위에 뿌려두는 것
박수와 환호는 배경음악으로 두고
믿음의 눈빛으로 고개 숙여 인사하는 것
고난과 역경 속에서도 밀고 당기기를 멈추지 않는 것
새로운 이름을 붙여 사랑을 부풀려 가는 것

단잠

마음이 엇나간다. 서로 같은 마음이기란 찰나고 순간이라, 그럴 땐 적극적으로 같은 마음이라고 말하는 사람이고 싶다. 그래야 순간을 조금 더 기억하고, 서로 눈빛 안에서 단단해질 수 있다. 그게 누구든 보이지 않는 신뢰를 눈빛으로 만드는 순간이다. 같은 마음은 기적 같은 달콤함.

서로 마음을 확인하는 순간이 오면 꼭 껴안아주세요.

열병

세상에 대한 호기심이 방화로 얼룩져버리는 참사를 접하는 건 괴롭다. 관심을 쏟지 않아도 관심이 갈 수밖에 없는 사실이 울적하다. 사랑하는 사람이 아프다. 내가 그의 곁을 지켜줄 수 있을까. 지킨다는 건 무엇일까. 나는 나를 지키고 있을까. 얼룩져버린 하루가 괜스레 서러워 수성못을 향했다. 이 공기를 기억하고, 걸으며 생각을 순환시키고 싶었다.

한 여인이 호수를 향해 멍하니 앉아 있다. 한 바퀴를 돌아도 여전히 같은 자리에 앉아 있다. 옆에 다른 여인이 말을 건네고 있는 듯했고, 여인은 허리에 힘을 주고 앉아 초점을 잃은 채 호수에 시선을 두고 있다. 또다시 한 바퀴를 돌고 왔다. 여인을 둘러싸고 있는 또 다른 여인과 소방대원이 있다. 소방대원과 다른 여인 둘은 거리를 두고 경황을 전한다. 아침저녁으로 운동을 나오는데 오늘 아침에도 같은 자리에 같은 자세로 앉아 있었다고. 걱정되어 저녁에 나와 보니 마음이 쓰여 이 상황을 119에 신고했다고. 여인에게 말을 걸던 여인은 지나가다 어디가 안쓰러워 여인 옆에 앉아 말을 건네고 조심스럽게 소지품을 살펴봤다고 한다. 소지품에는 유서와 약봉지가 있고, 소지품을 살피는 중에도 여인은 꿈쩍도 않았다고 한다. 이 상황의 심각성을 느낀 두 여인. 여인에게 가슴을 내어주며 몸을 기울이게 하는 한 여인. 숨은 쉬지만 호흡의 기능을 최소로 하는 여인. 이내 여인은 병원으로 이송되는 듯했다.

왜 이 나라에 스스로 생을 마감하는 것이 죽음의 가장 큰 비중을 차지해야 하는지. 여전히 이 문제를 수면 위로 올리지 않는 것인지. 사람들은 왜 스스로 세상을 등져야만 하는지. 나는 가끔 도무지 어려운 이 문제를 이해하기 어려워 혼란스럽다.

진실의 손

빈손으로 와서 빈손으로 가기까지 무수한 손이 스쳐 지나간다. 빈손으로 등허리를 쓰다듬을 수 있다는 게 위안이 된다는 걸 안다는 듯이. 알면서 저지르는 실수를 반복하며, 가끔 나의 불행이 너에게 위안이 되길 바라며 자주 넘어진다. 내 눈앞에 있는 손이 진실이다.

어른의 길

나에게 좋은 어른이란 선택을 도울 수 있도록 힘을 북돋아주는 사람. 갖은 선택의 기로에 가로막힐 때, 유별나 보일 정도로 스스로에게 집요함을 요구하거나 도저히 손을 쓸 수 없어 막막할 때, 상념의 정리가 필요할 때 어른을 찾곤 한다. 발이 닿으면 닿는 대로, 닿지 않으면 뻗을 수 있는 방향으로. 그렇게 국적을 막론하고 '좋은 어른'이라 칭할 수 있는 인물이 열 손가락쯤 되는 것 같다. 요즘 말로 선한 영향력을 가진 사람.

그런 인물과 동시대를 살아간다는 것은 한 사람의 과정을 직접 추적할 수 있다는 것과 삽시간에 그 사람과 삶을 공유할 수 있다는 것이 나에게 아주 큰 의미를 가진다. 생명력이 주는 살아 숨 쉬는 불완전함. 이어령 선생님 부고 소식에 헛헛함이 몸밖으로 새어나간다. 그뿐만 아니라 경애하는 연로한 선생님께서 각자 생의 기로에서 편찮다는 사실에 마음이 자주 동이 나버리곤 한다. 그의 그림자가 희미해져 삶을 위협할 것만 같다가도 죽음을 받아들이게 된다. 상실의 소유는 사는 사람의 몫. 나는 그저 농밀하게 살아내는 수밖에 없다.

다정함

밥 먹고 카페 가듯이 사는 이야기도 밥 먹듯이 하고픈 바람이다. 하루아침에 세상이 변하지 않더라도 지금 필요한 이야기를 함께하자. 오늘 하루 어땠어? 나 회사에서 속상한 일이 있었어. 오늘 할 이야기를 미루어서 눈덩이처럼 굴려 미래에 물려주지 말자. 단박에 해결할 수 없더라도 괜찮은 방향으로 의논할 수 있지 않은가. 섬세해지려는 노력이 쓸모없어져 입을 다문다면 살아 있는 누군가는 눈을 뜬 채로 가진 것을 빼앗길 것이다. 내가 경험한 다정함은 언제나 미리 사는 사람의 몫이었다. 환희도, 고통도.

꿈 깨

꿈은 이루어진다

꿈이 열어진다

꿈을 저버린 탓에 멀어져왔다

꿈은 계속 꾸는 사람의 것

손뼉 맞추기

이렇게 행복해도 될까. 스스로 정한 행복지수에 도달하면 긴장의 끈을 이내 놓친다. 격양은 분노로부터 먼 안전지대로 데려다 놓으며 행동을 고조시킨다.

일과 생활의 균형이 만족스러운 날이 반복된다. 원하는 일감, 결이 맞는 클라이언트는 우리 프로젝트가 성장으로 향해 있다는 사실을 일깨운다. 자족에는 모르든 알든 타인이 내게 건넨 안부 인사, 애정이 깃든 시선, 묻고 답하기를 통한 손뼉 맞추기가 있다. 뭐 인생에 또 다른 대단한 것이 필요할까. 아직 한글이 서툰 조카의 성장을 곁에서 지켜보지 못한다는 건 요즘 대단히 슬픈 일이다. 기쁨을 기쁨이라 말하는 하루, 감사를 전하는 용기, 우울을 밀어내는 어깨면 어디든 두렵지 않을 것 같다.

"Don't question yourself. You own this." 나에게도 주변

사람에게도 종종 하는 말. 행복도 내 것, 번뇌도 내 것.

지나가는 행복에 서서 안녕.

술버릇

걷기와 떠들기. 술은 마음의 경계를 허물고 시간을 무감하게 만든다. 시간을 절대적으로 만드는 동시에 헤어지기 싫거나 잠들기 아쉬운 체력을 길러낸다. 이 밤이 영원할 것처럼 믿으면서. 사실 다음날 체력을 끌어오는 것에 속으면서.

부조리

오늘도 어김없이 부조리를 마주한다. 썩은 관념, 폭력의 대물림, 무지와 설득, 구호의 아우성이 무성하다. 어쩜 10년 전과 변한 게 없을까. 배움의 최선이 이 모양이라니. 가방은 다 어디다 두고 내 앞에 앉아 있는가. 아무리 머리를 맞대어도 해결되지 않는 건 해결되지 않는 일. 손쓸 수 없는 일, 가슴을 내팽개치는 일, 결국은 내려놓기를 선택하는 것마저 버겁고 힘이 든다. 똑같은 기성이 될까 두렵다. 둘러앉아 이야기를 나눈다. 재작년, 작년과 동일한 아우성. 여전히 희망차지 않다. 더러워서 피한다. 기본조차 대우받지 못해 곪는다. 그래도 지킬 건 지켜야지 싶어 지키고 싶은 몇 가지를 추린다. 겪은 부당함의 불순물 골라내기. 사랑이란 이름으로 어울리고 싶다 말하기. 같은 상황을 마주해도 똑같이 되풀이하지 않기. 후배와 자원을 나누기. 지혜의 빛을 따라가 보기. 작은 믿음으로 그렇게 믿고 살아보기. 믿고 싶은 대로. 인생은 한 번만 사니까 괜찮다는 믿음이 어떤 의미로. 당연히 도래한 각자도생 시대가 당연하지 않다고 말하고 싶다.

우리를 구원할 수 있습니까

아이들 스스로 생각하는 힘을 믿고 각자 가진 고유한 개성을 존중하는 사회였으면.

평생 자신의 재능조차 발견하지 못한 채 산다. 학력으로 나열되어 창의성은 무너진 지 오래다. 돈 벌리게 하는 일만 좇는다. 돈을 벌려고 하는 일이 아님에도 불구하고 돈이 되냐고 손가락질한다. 숨 쉬려고 하는 일입니다. 타인과 끊임없이 비교하고, 보이는 것으로 판단하고, 물질이 만능인 이 사회가 슬프다. 과정은 묵살한 채 숨죽여 성공을 바라는 이 각박함이. 가능성의 뿌리조차 농약을 치는 이 현실이. 죽을 일이 자살 밖에 없단다. 도움 구할 가족, 친구, 주변인조차 변변치 않단다. 숫자가 말해준다. 슬프다. 숫자 뒤에 그늘진 사람의 너비는 안 보이나 봐. 20대 내내 해온 생각인데 놀랍지 않게도 변함없다.

잡념

무엇 하나 시작하거나 운을 떼거나 발을 딛거나 할 때까지 너무나 많은 폼과 품이 든다. 비합리적인 신념이 뒤쫓아올 만큼. 잘하고 싶은 마음을 내버려두기 전에 편안한 마음으로 시작할 수가 없다. 일을 할 때 나오는 몰입과 예민이 나의 전부라고 생각하면서도 달리 작은 점에 불과하기도 하다. 헐렁하면서도 탄탄하게 수행할 수 있는 품은 또 어떻게 배울 수 있을까. 내재화, 자기연마, 그리고 부끄러움. 능력의 허기.

끼리끼리 틀 깨기

예민한 걸 예민하다고 말할 수 있는 사이. 얼마 전 친구들과 둘러 앉아 술을 마시는데, 아마 그날 가장 많이 나온 단어가 '감도'일 것이다. 감도가 짙은 사람들이 꽤 좋은 컨디션으로 만나 술을 마시니, 이야기가 술술 나온다. 대화 중 서로의 예민함을 느끼는 경우가 발생하는데 우리는 각자의 예민함을 잘 알고 있어서, 지독히도 어렵고 이해하지 못한다며 우스갯소리를 했다. 한 사람은 그래서 우리가 친구라고 말한다. 그 사실이 좋아서 웃었다. 빈도(말)보다 깊이(행동)가 뒷받침해 준다면 그 자체가 흡족스럽다. 이러한 사실이 꽤 오랜 시간 축적되고 있음에 깊이 고맙다.

개인의 예민함이 빛나는 시대에 살고 있다. 특이해서, 튀어서, 손가락질 받을 일이 과거보다 줄었으며 보편과 대중의 인기가 우선시되던 사회는 나노급으로 세분화되어 집단주의보다 개인이 우선되는 목소리가 많아졌다. 그 개인을 이해하고자한 콘텐츠가 'MBTI 과몰입'이 아닌가. 해당 콘텐츠의 수명이 길어 의아하기도 했지만, 16개로 나뉜 특성을 파악해서라도 인간과 끊임없이 연결되고 싶은 것이다. 내 입에서 MBTI라는 단어가 먼저 나온 적은 단 한 번도 없다. 타자로부터 나의 유형을 발설하기를 요구받는다. 정중하게 거절한다. 당신의 유형이 무엇인지 궁금하지 않을 뿐더러, 그것이 우리 관계에 어떠한 영향도 미치지 않는다고 말이다.

다시 돌아와 나와 친구들이 가진 예민함에 집중해본다. 서로 지극히 다른 예민함 속에 공통점을 찾는다. 첫 번째는 자신만의 선(善)이 있다. 선이 있는 사람은 선에 금가는 것조차 힘이 든다. 믿고 싶은 것을 온전히 믿는다는 일 자체가 내외부 에너지를 부지런히 공급해야 하기 때문이다. 그 선을 지키기 위해 타인에게 피해가는 행동을 삼가하고 자신의 선에서 해결하려 하기도 한다. 두 번째는 나와 다름에 대한 수용이다. 다르다를 있는 그대로 본다. 그 자체를 현상으로 둔다. 세 번째는 자신의 업에 진심이다. 진심을 소비자에게 어떻게 전달할지 끊임없이 고민하고 공부한다. 맹랑한 사교보다 고요한 침묵을 선호한다. 준비가 될 때까지, 마음 안에서 가닥을 바로 볼 때까지. 네 번째는 개인의 문제로 치부하지 않는다. 수면 위의 문제는 옅어질 때까지 수정하고 듣는다. 갈등을 내버려두지 않는다는 것이다. 생애주기적 관점에서 친구를 유지함이 쉽지 않음을 실감한다. 20대, 30대, 40대… 각자의 인생이 짙어진다. 친구가 전부였던 10대를 지나 일, 연애, 여가, 공부, 가족, 생활 전반으로 애정을 나누어 갖는다. 앞으로 또 어떤 친구들을 만나고, 어떤 친구와 헤어질까. 어떤 선과 악을 만날까. 어떤 행복과 역경이 있을까. 게임 같은 인생이다.

소문난 여자

씩씩한 여자
대담한 여자
용감한 여자
대단한 여자
발칙한 여자
끔찍한 여자
호탕한 여자
괴상한 여자
무지한 여자
산만한 여자
긴장한 여자
똑똑한 여자
이상한 여자

산책로에서

발이 편한 운동화와 길이 있으면 어디든 닿을 수 있다. 구석구석 누빌 수 있는 보행의 기쁨. 원치 않는 길이면 언제든 되돌아갈 수 있고 즉각적인 호기심을 떨칠 수 있다. 약간의 번거로움은 낯선 반가움을 맞이할 수 있게 해준다. 새로 발견한 산책로에서 오롯이 육체로 느낄 수 있는 느림의 미학.

희망

더 이상 숨지 않기를

숨이 드러나는 동안 자주 읊조리기를

하영에게

To. 하영

너를 떠올리면 왠지 모르게 기분이 좋아져. 네가 내게 긍정적인 영향을 주는 아이라는 건 확실한 것 같아. 우리가 알게 모르게 많은 시간을 알고 지냈지만, 내 주변에 너처럼 똑부러지게 행동하고 자립심 강한 아이는 없어. 그만큼 네가 특별하게 느껴지고, 가끔 '이번에도 또 다른 계획과 여러 가지 생각들이 많구나.'라는 생각이 들어.

달콤한 첫인사다. 우리는 연약해서 자주 넘어지고 아프지만 다시 기운을 낸다. 그런 눈으로 바라봐주면 웃을 일이 더 많겠지. 물리적인 거리, 시간이 가하는 제약은 소용없다. 다정한 시선이 서로를 지켜준다.